痴漢されそうになっている
S級美少女を助けたら
隣の席の
幼馴染だった4
ケンノジ
Illustration フライ
JN131566

「鳥越は、混ざらないの?」
名前:鳥越《とりごえ》静《しず》香《か》
年齢:17歳
学年:高校2年生
身長:150センチ
姫奈とは親友、諒とはお昼休み仲間な同級生。
「私はしばらくいいかな」
名前: 高森《たかもり》 諒《りょう》
年齢:17歳
学年:高校2年生
身長:175センチ
空気を読むのが苦手な自称地味キャラ男子高校生。

名前：姫嶋《ひめじま》 藍《あい》
年齢：16歳
学年：高校2年生
身長：155センチ
姫奈とも、諒とも幼馴染な
転校生にして、元アイドル。
名前：高
年齢：15歳
学年：中学
身長：165
高森家の家
ルな見た目
名前：篠原《しのはら》美南《みなみ》
年齢：16歳
学年：高校2年生
身長：167センチ
中3の頃に三日間だけ諒と
付き合っていた元同級生。

痴漢されそうになっている
S級美少女を助けたら
隣の席の幼馴染だった4

ケンノジ

GA文庫

カバー・口絵　本文イラスト
フライ

①　制作進行中

学祭に向けて自主映画を作ることになったものの、どんなものにするのかは、脚本の鳥越《とりごえ》任せになってしまった。

「なんか、任せっぱなしで悪いな」

昼休憩。校内の喧騒《けんそう》から遠く離れた物理室で昼飯を食べながら俺《おれ》は言う。

この前あった我が家での企画会議合宿は、簡単に言うと何もまとまらず、鳥越に任せるってことだけが決まったのだ。

考える人数が多ければいいと思ったけど、どうやら逆効果でしかなく、それぞれが思い描く「面白《おもしろ》い」を主張しはじめて、収拾がつかなくなっちまった。

あの日、何をやったかっていえば、二時間ほど話し合って妹の手作り晩飯を食って、そのあとはゲームをして夜更かしをしたというだけのお泊り会だった。

「いいよ。気にしてないから」

鳥越は何ともなさそうに言った。

「ひーなやヒメジちゃんや、高森《たかもり》くんがどんなものをイメージしているのかわかったし、それだけでもお泊り会はやってよかったなって思う」

ぱくぱく、と箸《はし》を動かしながら、弁当を食べる鳥越。

お泊り会……。

やっぱこの前の合宿は、そういう認識だったんだな。

伏見《ふしみ》も話し合いっていうより、お泊り会のつもりだったらしいし。

我が校の男女ともに人気の高い俺の幼馴染《おさななじみ》、伏見姫奈《ひな》は、友達は多いくせにお泊り会やそういうことを履修していないらしく、かなり憧《あこが》れていたという。

アイドル的な存在でも、その友達にはプライベートな部分には踏み込まないし踏み込ませないっていうスタンスを取っていたので、さもありなんといったところだ。

そんな中で、伏見が腹を割って話ができるようになったのが、静かに昼食を食べている鳥越だった。

「夏休みまでには、計画表作りたいよね」

「そうだなぁ」

「ヒメジちゃんは、すごく心配そうだったし」

あー……、と俺はそのときの様子を思い返しながら、曖昧《あいまい》にうなずく。

『そんな様子で学祭に間に合うんですか？』

深刻そうだったもんな。

あまりうるさくは言わないけど、ずしっとした重みのある心配の仕方だった。

ヒメジこと姫嶋藍《ひめじまあい》は、先日転校してきた俺のもう一人の幼馴染だ。

元々こっちに住んでいたけど、東京のほうに引っ越し、またこちらに戻ってきていた。ヒメジも伏見とはタイプの違う美少女で、あっちではアイドル活動をしていた。

本人がそのことを公言したのは俺だけだけど、一人を除いたお泊り会メンバーは触れはしなかったものの薄々勘づいている節がある。

だから、その手の芸能、映像系の裏側を多少知っているヒメジは、俺たちの映画が学祭に間に合うかどうかとても心配していた。

自主映画の計画表ができるかどうかは、何を作るか決まってないといけないので、鳥越が気にするのも無理はなかった。

「俺でいいなら、相談乗るけど」

「ううん……」

箸をくわえた鳥越は、ぺぺぺ、と携帯を操作する。メモった何かを見ているらしい。

「あるにはあるんだけど」

「え、マジで。どういうの？」

「その……」

ふと、鳥越がBL小説愛読者だというのが脳裏《のうり》をかすめた。

「お、おい、まさか言いにくい題材で映画やろうってわけじゃないだろうな⁉」

「し、しないってば。そんなの」

慌てて鳥越が否定《ひてい》すると早口で続けた。

「作文を読まれるみたいなそういう恥ずかしさがあって。頭の中を覗《のぞ》かれているみたいでちょっと抵抗がある」

……意外だった。鳥越はそういうの割り切ってできそうなものなのに。

それとこれは話が別ってことか。

「じゃあ、表向きは俺が考えたってことにしよう。それなら、何か不都合や批判があっても、最悪全部俺のせいってことにできるだろ？」

「それはそれで、私が卑怯《ひきょう》な気がする」

「いいんだよそんなの、気にしなくて。大役一人に任せてるんだから。映画の評価の矢面《やおもて》に立つのは監督の仕事の一つだろ」

俺に言いにくいなら伏見やヒメジに相談してくれてもよかったんだけど、理由を聞く限りじゃ誰《だれ》が相手でも同じだろう。

ともかく、鳥越がどんなものにしようとしているのか聴取しないと話が進まない。

「ありがとう。高森くん」

「ん？　ああ……うん？」

何でお礼を言われたんだ？

俺の内心を見透かしたのか、鳥越が続けた。

「気が楽になった。まだメモ程度のものしかないから、それを放課後までにまとめてみる」

「あんまり焦《あせ》らなくてもいいぞ」

「ううん。今やりたいから」

そう言うと、鳥越はスイッチが入ったらしく、弁当を食べるのも忘れて携帯にメモをしていた。

教室に戻ってからも鳥越はそんな様子で、移動教室だっていうのに、自分の席から動かないままだった。

伏見が声をかけてようやくそのことに気づき、教科書とノートを抱えて教室をあとにした。

その後ろに俺とヒメジは続き、生物室へと向かう。

「ヒメジが急《せ》かすから」

俺がボソリと言うと、聞こえていたヒメジは不満げに眉《まゆ》をひそめる。

「どうして私のせいなんですか」

「焦らなくってもいいだろう」

俺が前を向いたまま言うと、小さなため息が隣から聞こえる。

「夏休みまで、あと二週間少々なんですよ。クラスのみんなに役割分担をしてもらって、夏休み中に何を準備してもらうか話しておく必要があるでしょう？」

……たしかに。

俺の納得顔を見て、ヒメジが整った顔を曇らせた。

「監督。こういうのって、あなたの役目なんですが」

「悪い、悪い。そう言うなって」

やったことないんだから勘弁してくれよ。

ヒメジは、なんというか、他人に厳しい。きっと、自分にも厳しいんだろう。

「助言してくれてありがとう。助かるよ」

俺が言うと、曇り顔がすっと晴れた。それをバレないようにするためか、プイ、と顔を背《そむ》けた。

「お礼を言われるようなことは、何も……してませんから」

素直にどういたしましてって言えないのか、この幼馴染は。

「諒《りょう》くん、藍ちゃん、急がないと遅れるよー！」

くるっと振り返った伏見が手招きをするので、俺たちは小走りで生物室を目指した。

放課後にはまとめる、と言った鳥越だったけど、どうやらまとまらなかったらしい。

「出来次第連絡するから」

学級日誌を書いている俺に言って、放課後になると早々に帰っていった。

「脚本のこと？」

俺の誤字脱字チェッカーと化している伏見が、隣の席から不思議そうに尋ねた。

「うん。昼休みから内容をまとめるって言って」

「今に至る、と」

そう、と俺はうなずく。

「それも大事だけど、期末テストがあるよ、諒くん」

なぜか伏見は嬉《うれ》しそうだった。

ここしばらく、伏見が俺の家庭教師をしてくれているのもあって、小テストの成績はどの教科も比較的良好だ。

地を這《は》うようなスコア……もとい伸びしろ十分なスコアを取っていたところに、姫奈先生の個人授業がはじまったので、まあそりゃ伸び率でいえば、かなり上昇していることになる。

「諒くんのこれまでの努力を遺憾なく発揮できるね……！」

「できたらいいけどな」

何で伏見のほうがやる気満々なんだよ。

「ワカちゃんにも褒められてたでしょ？」

「ああ、まあな」

ワカちゃんっていうのは、英語教師をしている担任の若田部《わかたべ》先生のことだ。

英語の小テストが返されたとき。

たいてい小言を言われるけど、それがなく「ブラボー」と拍手をもらった。

「それを見ていたわたしも、なんだか嬉しくなっちゃって」

てへへ、と伏見は春の日差《ひざ》しのような温かい笑顔を見せる。

どうやらこの幼馴染は、家庭教師としてのやりがいを覚えてしまったらしい。

そんなもん覚えてくれるなよ……こっちは結構大変なんだぞ。

伏見は鞄《かばん》から取り出した手帳をぺらぺら、とめくる。

七月には、テスト期間、テスト日、夏休みスタートなど、色々と書いてあった。

そういや、もうちょっとで夏休みなんだな。

去年の夏休みは一日中ゲームしたり……あとは……あとは……。思い出せねえ。

記憶に何も残らないくらい、暇でダラダラと過ごしたらしい。

日誌を書き上げ、戸締りをして教室を出ていく。

「夏休み、何する？」

こっちを覗き込みながら伏見が訊《き》いた。

「え？　何するって……学祭の映画撮影？」

「あっ。それもあるじゃん！」

いいことを聞いた、と言わんばかりに、伏見は手をぱちんと合わせた。それから真剣な顔をした。

「本気の本気でやるから。わたしの代表作にするくらいの気持ちで――」

「熱い、熱い。初手から熱過ぎるだろ」

まだ何をするかも決まってないのに、いきなりトップスピードだった。

「それくらいの熱量が必要なの、映画は！」

あ。さては……面倒くさいスイッチが入ったな？

あれがああで、これがこうで、と伏見が熱く語る映画論だの、演技論だのを右から左に聞き流しながら、職員室のワカちゃんの下へ学級日誌を提出し、俺たちは下校していった。

「諒くんとっ、それと、あの、わたしのっ、代表作にするのっ！」

……最終的には、そういうことになった。

ハイテンションで伏見が大声を上げるせいで、往来の人は奇異の目を向けてくる。

まだ何もはじまってないのに、伏見のエンジンは全開。湯気出てるんじゃないかって疑ってもいいくらい熱い。企画立案者はやる気が段違いだ。

「そうだな」

棒読みで相槌《あいづち》を打っても、お構いなしの伏見は、帰宅するまでの間、ずぅーっと自主映画のことについて話をしていた。

時間も忘れるほどというのは、このことだろう。

家の玄関を締める寸前まで、映画のことを伏見は話していた。

伏見がこんなに何かを語ることはとても珍しい。

秘めた思いってやつなんだろう。

自分を顧みると、俺には何かあったっけ、と思う。

「……なんもねえな、ほんと」

伏見家から我が家への短い道の途中、ぽつりとこぼれた。

熱くなれるもの。

好きで仕方ないもの。

誰かには話を聞いてほしいもの。

俺も何か……。

「好きになりたいな」

「えっ⁉」

声がして後ろを振り返ると、自転車を押している妹の茉菜《まな》がいた。

「に、にーに、こ、恋の予感⁉」

「いや、そうじゃなくて。……って何であとをつけて来てるんだよ」

「帰り道が一緒だからでしょう」

それもそうか。

茉菜は、今日も中学の制服のスカートを死ぬほど短くしている。バッグは、持ち手に腕を通して背負っていた。

自転車のカゴにはエコバッグがあり、中にはスーパーで買ってきたらしい食材が色々と入っている。

「声かけても、あたしをスルーするにーにが悪い」

「外でにーにって言うなって何度言えば」

「いいじゃんー。そっちのが可愛《かわい》いから」

可愛くはねえだろ。

「で。で。で？　何の話？」

目を輝かせながら茉菜がグイっと顔を近づけてくる。

「独り言だから気にすんな」

「えええぇ〜。つまんねーのー」

唇を尖《とが》らせて、茉菜は俺にブーイングをする。

「……茉菜は何かある？　好きなもの」

「あたし？　あるよー」

「え、何？」

「お料理」

ギャルのくせに、なんちゅー破壊力のあることを言うんだこいつ。

うん、まあ、たしかに茉菜が作る飯は美味《うま》い。

「何でだと思う?」

「楽しいから……?」

「ぶっぶー」

ほぼ毎日って言っていいほど、我が家では茉菜が料理を担当している。

思いつきで勝手に冷蔵庫の食材を使おうものなら、めちゃくちゃ怒られるのだ。

「何で料理が好きなの?」

「にーにが、いっつもおいしそうに食べてくれるから」

にしし、と笑った茉菜は、自転車に乗って逃げるように走らせた。

今日の晩飯も期待してもよさそうだ。

② 終電

鳥越《とりごえ》からの連絡を待っていてもなかなか来ず、まとまり次第だから今はまだ難航しているんだろうと思っていたら――。

「こんばんは」

鳥越が、家にやってきた。

扉を開けた俺《おれ》はきょとんとして、廊下にある時計と鳥越を見比べた。

「こんばんは……って、もう夜の十時過ぎてるぞ」

「うん。家のことをしていたら、作業に時間が割けなくて。こんな時間に」

「明日でもよかったのに」

「そうなんだけど。なんか、聞いてほしくて」

この様子からして、どうやら企画はまとまったらしい。

ひとまず部屋に上げて、お茶を出し、話を聞くことにした。

ちなみに茉菜《まな》は風呂《ふろ》。

入っていなければ、たぶん茉菜が俺の代わりに玄関で仰天したことだろう。

「まだきちんと整理できてなくて断片的かもだけど」

そう前置きして、鳥越は映画の内容を教えてくれた。

自分たちだけでできそうな範囲で、なおかつ、限られた予算内で――。そういう縛りはクリアできていた。

「ど、どうかな」

俺が質問を挟みながら、あれこれ説明すること約一五分。いつの間にか、グラスのお茶は空になっていた。

「いいじゃん。面白《おもしろ》いと思うよ」

「そ、そう？　よかった」

説明をはじめた最初のうちは、設定を口で言うのが照れくさかったのか小声だったけど、徐々にそのボリュームは大きくなっていった。

「主人公が伏見《ふしみ》っていうのも、きちんとハマるし、相手役はヒメジでいいの？」

「うん。ヒメジちゃんくらいしかいないと思う」

なるほど……。

鳥越が考えてくれたのは、ざっくり言うと女子高生の青春・恋愛・部活をひとくくりにしたものだった。

起承転結がゆるくはあるものの、短編映画ということを考えれば許容範囲だと思う。

「ひーなとライバルのヒメジちゃん。親友同士の二人は……」

「同じ男を好きになる……」

　ちらりと鳥越がこっちを見てくる。

「その男は出さないんだな？」

「うん。あえてね」

　そいつが好きだっていう、あくまでも設定。登場はしない。で、二人は火花を散らす、と。

「心配なのは、ひーなが演技上手だから、ヒメジちゃんの大根具合が際立《きわだ》つかもってところかな」

「……」

　俺は画角を想像してから口を開けた。

「まあ多少は仕方ないだろうけど、案外持つと思うよ」

「持つ？」

「うん。単体でも絵になる。カバーできるんじゃないかな」

　本人には直に言えないけど、さすがは元アイドル様ってところか。

　伏見以外にまともに演技経験あるやつはいないんだから、贅沢《ぜいたく》はいえない。それに、役柄的にもいつも張り合おうとするヒメジは適役だろう。

　ヒメジは、元アイドルってことは一応隠している。けど、映画に出るってなれば、それなりに噂《うわさ》が広まるんじゃないのか。

それから、鳥越が感想を求めるので、俺は思ったことを口にした。

「あ、そっか」

とか。

「それならこうして――」

とか。

何かを携帯にメモることを繰り返し、有意義な時間になりはじめていた。

かちゃり、と小さな音がして扉が数センチほど開く。

「……」

茉菜がこっちを見ていた。誰《だれ》といるのかを確認して、二度見した。

「んっ⁉　てかシズじゃん！」

隠れていたのはどうでもよくなったのか、扉をばーん、と景気よく開けて中に入ってきた。

風呂上がりの茉菜は、まだ髪がよく乾いておらず、首にタオルをかけていた。

「遅くにごめん。お邪魔してます」

「ううん、いいのいいの」

こっちに茉菜の視線が飛んでくる。説明せよの目だ。

「映画の脚本がまとまったから、来てくれたんだ」

「わざわざ？　こんな時間に？」

「そ。こんな……時間、に……」

時計を見ると、もう夜の一一時を大幅に過ぎていた。

「と、鳥越！」

「え、どうかした？」

「終電っていつ？　うちまで電車で来たんじゃなかった？」

「シューデン……あ」

完全に忘れていたらしい。

携帯で調べると、その時間はすぐにわかったようだ。

「終電あと八分」

俺は立ち上がった。

「チャリで急げばギリ間に合う！」

「えー？　泊まってけばいいじゃーん」

「明日学校あるだろ」

茉菜を窘《たしな》めると鳥越もうなずいた。

「うん。制服じゃないし……帰らないと」

鳥越が帰る準備を整えている間、傍観《ぼうかん》を決め込んでいる茉菜がのん気に言う。

「シズが単独で泊まっていたなんて姫奈《ひな》ちゃんが知ったら、卒倒するよ、ソットー」

「なわけねえだろ」

とは言ったものの……。

『へえ。そうなんだー。楽しそうだね。楽しかった？　楽しかったよね？』

と、笑顔のまま黒い何かを滲《にじ》ませる伏見の顔が思い浮かんだ。

「もしそうなったら困るかな。今後、色々と」

まだ何か言いたそうな茉菜には構わず、鳥越と家を出て、自転車のハンドルを握りスタンドを蹴《け》り上げる。

「後ろ、乗れる？」

「ふ、二人乗り？」

「そういうこと」

「の、乗れない」

「……え」

「でも、そうも言ってられないから、頑張る」

「うん、頼む」

俺が自転車にまたがると、そっと腰のあたりに手が添えられた。

「こ、ここでいい？」

「ちゃんと摑《つか》まってるならどこでもいいよ。行くぞ」

鳥越が乗っているのを確認して、俺はフルパワーでペダルを漕《こ》いだ。

くすっと後ろから笑い声が聞こえる。

「ふふふ。ぐぉ、ぉぉ、って声が出てる。漫画みたい」

「ば、バカ、笑わせんなよ。力抜けるだろ」

「でも本当にそうだから」

余程おかしかったのか、鳥越はまだくすくすと笑っている。

「あ——！　ちょ、ねえ！」

「何？」

「サンダルが脱げた」

「おぉぉぉぉ、マジか⁉」

急停止すると、ふぎゅ、と変な声がして、背中に何か当たった。たぶん、鳥越の顔だろう。

「とってくる」

ケンケンをしながら、鳥越はサンダルが落ちた場所まで戻る。履《は》いて再び乗り直し、俺はまたペダルを漕ぎだした。

なんとなく、予感みたいなものはあった。

ぜえはあ、と息を荒げ、駅舎に入る鳥越を見送ったあと、のんびり帰ろうかとハンドルを切ろうとしたとき、鳥越が戻ってきた。

すげー申し訳なさそうな顔をしている。

「ご、ごめん……間に合いませんでした」

「そんな気はしたんだ」

「私が、サンダル落とさなかったら」

「いや、関係なかったと思うよ」

「タクシーのお金もないし……始発までここにいる」

「待て待て。茉菜も泊まれって言ってたし、始発で帰れば――」

俺が提案しても、鳥越はふるふると首を振った。

「迷惑かけまくりだから、これ以上は」

首をすくめるせいでどんどん体が縮んでいくように見えた。

「私、何してるんだろ。明日でも全然いいのに。浮かれて。遅くに押しかけて、送ってもらってる途中でサンダル脱げて、そのせいで終電乗り遅れて、また迷惑かけて……」

ネガティブモードに入ってしまった。

「迷惑だなんて思ってないから」

と言っても、ずーん、とうなだれたまま。

「鳥越んちってどこだっけ」

「え、私の家?」

鳥越は、だいたいの住所と最寄り駅を教えてくれた。

「チャリなら、片道一時間ってところか」

幸い携帯を持ってきているし、地図アプリがあれば道に迷うこともないだろう。

「終電とか全然気にしなかった俺も悪かったんだ。コレでよかったら、送るよ」

ぺしぺし、と俺は自転車のハンドルを叩《たた》く。

「いいの? わ、私、ひーなと違って結構中身詰まってるから、重いよ……? 今さらだけど、長時間は、しんどいんじゃ……」

「中身詰まってるってなんだよ」

その言い回しに少し笑ってしまった。

「そっちこそいいの? 荷台に長時間は、ケツ痛くなるかも」

鳥越は何も言わないまま、自転車の荷台に再び座った。

ペダルをまた漕ぎはじめてしばらくして、帰ってくる母さんを待って送ってもらえばよかったかなと思った。

そのことを後ろの鳥越に言うと、

「迷惑になるから、私からはお願いできない、かな」

とのことだった。

謙虚というか、甘え下手というか、なんというか。ともかく、終電を逃したことを反省しているらしかった。

鳥越のほうも家の人に迎えに来てもらうことはできないという。事情を訊《き》くと、こっそり家を出てきたからだそうだ。

「だから、呼べないんだ。ごめん」

「そういうことならしゃーないな」

鳥越が後ろから地図アプリで道をナビしてくれる。

俺はそれに従い自転車を走らせた。

外灯とヘッドライトが照らす国道を通り、見慣れた学校の近辺を通り、鳥越を乗せて進む。

その間の会話は、映画のことだった。

「悩んでるって言ったけど、ラスト、どう締めるの？」

Wヒロインで、一人の男子が好きだという構成だった。

「どっちが勝ちかは決めなくてもいいかなとも思うし、それじゃちょっと尖《とが》り過ぎかな、とも思うし……」

もし少年漫画に当てはめれば、主人公がライバルに勝ってエンディングだろう。

「どっちでもいけるようにしておく」

「それが無難かもな」

「高森《たかもり》くん、重くない？　大丈夫？」

「大丈夫だって」

何度目になるかわからないくらい、この確認をしてくる。

「気にするような体型でもないだろうに」

「それでも、気になるよ」

小声でぼそっと言うのが聞こえた。

「あ、そこ左」『次の信号まで真《ま》っ直《す》ぐ」

淡々と、それこそナビ音声みたいに鳥越が指示をしてくれる。

それが終わると、お互い無言になった。

元々、俺たちは会話が多いほうじゃない。なんなら、沈黙の時間のほうが多いくらいだ。

「ぶっちゃけ」

鳥越が切り出すと、悩むような間があり、ややあって続けた。

「……ひーなのこと、どう思ってる？」

どう思ってる、か……。

自分の考えを誤解なくどう伝えようかと考えていると、その沈黙を嫌ったらしい。

「ごめん。やっぱりいい。聞かなかったことにして」

「お、おう……わかった」

「聞きたかったことだけど、聞きたくないっていうか……」

訊いておいて、自分でも戸惑ったようだった。

深夜とはいえ七月上旬。そろそろ梅雨《つゆ》が明けようかという時期。自転車を漕ぎっぱなしだと、いよいよ気になってくるものがある。

「鳥越、あんまくっつかないほうがいいぞ」

「どうして」

「汗かいてるから」

「うん。大丈夫」

「俺が大丈夫じゃねえんだよ」

「いいニオイとは言えないけど、嫌いじゃないよ」

なんだ、その妙な評価の仕方は。

くっつくなって言ったのに、荷台を持っていた手が腰に回る。背中には、たぶん頬《ほお》だろう。

Tシャツ越しに鳥越の体温が伝わってきた。

「あったかいね」

「お互い様だろ」

ほう、と思わずといった様子で、ため息がこぼれた。

「好きだなぁ、私」

どきん、として身を硬くして続きを待った。

「この時間」

ああ、そういうことか。

びっくりした……。

「また告られたと思った？」

「……お、思ってねえよ」

「そっか」

くすっと控えめに笑う声が聞こえた。

鳥越を自宅まで送り、帰宅したらもう深夜の二時。気づかなかったけど、茉菜からはメッセージが連射されていて『シズ間に合った⁉』からはじまり、『ねえー！』『シカトー⁉』『ありえないんだけどーーーー‼』というようなメッセージがあった。

明日、何て言われることやら。

シャワーを浴びて、ベッドに入り携帯で調べものをしていると、いつの間にか寝落ちしていたらしく、起きたら一〇時だった。

「……え？」

一〇時？　ＡＭ？

今日って休みだっけ？

携帯のアラームは鳴った形跡がある。けど、全然聞こえなかった。

伏見らしき字で、『諒《りょう》くんの眠り姫！　先行くからね！』と、メモが置いてあった。

「男を姫って言わねえんだよ」

と、どうでもいいところにツッコミを入れる。

どうやら、伏見は起こしに来てくれたらしいけど、俺はまったく起きなかったようだ。

「学校……」

寝起きの脳みそを働かせる。担任のワカちゃんの英語は、今日なかったはず――。

ってことは、サボりワンチャンいけるな。

制服に着替えようとした手を止めて、ベッドに戻った。

閉じていなかったブラウザを再び表示して、昨晩の調べものを再開させる。

「……」

映画撮影のこと。必要な道具や機材。自主映画を撮った人の記録、その人の経歴を調べていき、なんとなく、イメージをしていた。

「これって、パソコン要るよな……」

動画編集は今まで携帯で済ませていたけど、どうやらそれじゃ難しいようだ。

となると、手持ちの小遣《こづか》いじゃまず足りないな……。

ううん、と唸《うな》っていると、チャイムが鳴らされた。

宅配か何かだろう。

寝間着のまま階段を降りて扉を開けると、そこには制服姿のヒメジがいた。

「うわ。ヒメジ……何してんだ」

「諒！　寝てなくていいんですか⁉」

ずいぶん慌てた様子だった。

「ああ、うん。さっきまで寝てたし」

「あ、そうですか。すみません、起こしてしまって。お邪魔しますね」

ぐいっと俺を押しのけて中へ上がるヒメジ。

「ヒメジ、学校は？」

「ちょっと抜けてきました」

「ちょっとって……」

「静香《しずか》さんが『体調が悪いんだと思う……』って悲しそうに言っていたので、看病して差し上げます」

鳥越……？　あ、俺が昨日鳥越家まで送ったから体調を崩したって思ってるんじゃ。

「なあ、差し上げなくていいから学校帰れよ、ヒメジ。俺は大丈夫だから」

がさり、と買い出しをしてきたらしいヒメジが、食材の入ったスーパーの袋をキッチンにのせた。

人差し指を振りながら、ヒメジは得意げな顔をする。

「一応幼い頃からの付き合いですから、あなたのそういう『本当は心細いし看病してほしいよう』という本音にも気づいていています」

「誰の本音だ、それ」

手を洗い、携帯を操作するヒメジ。

「ヒメジ、料理できるの？」

「はい。動画を見ながらですが」

「いや、それできるって言わないんじゃ」

「もー。諒は上で寝ててください。できたら持っていきますから」

できたらって……できるのか、ちゃんと。

「俺、看病してもらうほど体調悪くないし――」

「はいはい。諒はこれで案外優しいので、心配をかけまいとしているんですよね」

「じゃなくて……」

全然話聞かないな、こいつ。

俺の心配をよそに、ヒメジはエプロンまでして気合い十分な様子だ。

言っても聞かなさそうなので、俺は大人しく部屋で出来上がりを待つことにした。

部屋着に着替えて、携帯を手繰《たぐ》る。

『高校生　バイト　夏休み』と調べて、求人サイトを覗《のぞ》いてみた。

色々あるけど、果たして俺に勤まるのか？　と不安になる。

パソコンは、相談して誰かに譲ってもらうか……？

「いや……」

俺は首を振った。

頼らずに、まず自分でどうにかしてみよう。

幸いまだ映画の撮影はしてない。まだ時間もある。最初から誰かをあてにするのはやめよう。

「……にしても遅ぇな」

もうかれこれ三〇分は経《た》っているぞ。

ヒメジが料理上手なイメージはまったくない。小学校の調理実習で同じ班になったことがあったけど、教科書や先生の教えを無視して独自路線に走ろうとしていた。

ううん……不安しかない……。

「おーい、ヒメジ？」

キッチンを覗くと、鼻唄を歌いながら鍋をかき混ぜていた。

「もうすぐできますから」

笑顔で振り返ったものの、キッチンは猫が大暴《あば》れしたのかってくらい散らかっている。

全然大丈夫じゃなさそう……。

茉菜が見たら激怒しそうな光景に、俺は目まいがした。

「俺、片付けしとくから、料理頼むよ」

「はーい」

上機嫌なヒメジの隣で、俺は散らかった調理器具を洗い、出しっぱなしの調味料たちを元の場所に戻していった。

恐る恐る混ぜている鍋を覗いてみると、ぽこぽこ、と泡立っていた。

「泡……？」

虹色の、半透明の、泡。

嫌な予感しかしない。

「姫嶋《ひめじま》さん、動画の通りやったんですよね」

「ええ、もちろんです」

とてもいい笑顔でヒメジは応《こた》える。

「ど、動画も、こんな感じで、虹色の……その、あたかも洗剤が入っているかのような、透明な泡が出てるんですか」

「そういった動画ではなかったですけど、きっと誤差でしょう」

ご、誤差……。

「あ、洗った？　食材。きちんと」

「諒は心配性ですね。当然です。動画では洗ってませんでしたが、私だってそれくらい知っています。何かあってはいけないと思ったので――」

そっとヒメジは流しに置いてある食器洗い用洗剤を手にした。

「洗剤できちんと洗いました」

くらり、とした俺は、たたらを踏んだ。

なかなかないほど上機嫌なヒメジに、言い出せない……。

食えねえとは、言えない。

完成したらしく、ヒメジは謎《なぞ》の洗剤スープをよそっている。

うん、と満足げにうなずいた。

「うふふ、動画通りです」

たぶん違うと思う。

体調は悪くないって言ったけど、これから悪くなるから前言を撤回したい。

「ヒメジ。動画は神じゃないんだぞ？　自分の目で見て感じた判断も大事で……」

「知らないんですか、諒。ネットの世界には、神がたくさんいるんです」

「まあそうなんだけど」

明らかに一人分。それをテーブルに置いて、ヒメジは向かいに座り、にこやかに促してくる。

「どうぞどうぞ」

「ヒメジの分は？」

「私は、お弁当がありますから」

ああ、そうですか……。

あとで、死ぬほど水を飲もう。

スプーンですくったスープを目をつむって口に入れる。

「どうですか？　美味《おい》しいでしょ」

何でそんな自信満々なんだよ。

「……コンソメスープ？　だけど、ふっと鼻に抜ける柑橘《かんきつ》系のその、洗剤みたいなさわやかな香りが……」

ヒメジがきょとんと首をかしげる。

「おかしいですね。柑橘類は入れていないのですが」

入っちゃってるんだよ。洗剤が。

洗剤が入ったのはほんのちょっとだったらしく、味は、まあまあまともだった。

俺は、ひと口につき、水を三杯飲んだ。

念のためあとで胃腸薬も飲もう。

「……それで、あの件ですが」

いよいよ、という感じでヒメジが切り出した。

「あの件？」

「ノートの約束のことです。私が転校する前は……その……私たちは……両想《おも》い、でした……」

どんどん声が小さくなっていく。

恥ずかしそうに言うせいで、こっちまで恥ずかしくなってきた。

「む、昔な！　昔！」

「ええ、もちろんです」

ヒメジは頬を染めながら、視線を下げる。

いつもの調子じゃないからやりづらい……。

小三の落書き帳には、俺とヒメジとの相合傘が書いてあり、ヒメジと交わした約束が記されていた。

でもそれは、伏見が口にした約束と同じもの。

「私が転校したあとに、これ幸いと姫奈が私の約束に被《かぶ》せてきたのではないかと思っています」

「それか、俺が約束したことを忘れちまっただけか――」

「それとも、姫奈が約束をした、という体《てい》にしているか」

俺が伏見との約束を忘れている可能性は大いにある。

「俺が、忘れてるだけだと思う。ほら、俺、小学校のときのこと、そんなに覚えてないから」

「姫奈は……上手《うま》いというか、ズルいというか……そういう節があるので、自分が約束したかにみえる『上書き説』は、否定《ひてい》できません」

ヒメジは深刻そうに眉根《まゆね》を寄せている。

小五の自由帳には、女の子っぽい字で『高校生になったら、ひなちゃんと初ちゅーをする』と書かれていた。

ヒメジの心配通りのことを伏見がしていて、あの字も伏見のものだったとしたら……。

「忘れているのをいいことに、諒を操作しようとしている可能性も」

「俺を操作して何になるんだよ。権力者でも、金持ちでも、何かの肩書があるわけでもないのに」

「諒には些事《さじ》かもしれませんが……私には……私と静香さんには大問題です」

真偽を確かめられるわけでもないし、自白しない限り裏付ける証拠なんてものも出てこないだろう。

「あれはあれ、これはこれってことでいいんじゃないか」

「姫奈に甘いですね、諒は」

ちらりと向けられた視線は、どこか寂《さび》しそうだった。

「人気者と仲良くできるのは、気分がいいですか?」

「そんなふうに思ったことねえよ」

「……ごめんなさい。嫌な言い方をしました」

俺は気にしてない、と首を振った。

中には、やっかみ半分でそう思うやつもいるだろう。

そもそも、俺と伏見が今の関係に戻ったのは、痴漢《ちかん》から助けたことがきっかけだった。

あれは偶発的なことで、意図してできるものでもない。あの瞬間、俺は被害者が伏見だと気づかなかったわけだし。

「私だって、人気あったんですからね」

「頑張ってたんだな、アイドル活動」

「はい。なのにあなたはいつの間にか姫奈と……」

上目づかいで、じっと俺をねめつけるヒメジ。

「……諒は、私のことが好きだったのに——」

いつまでそれ引っ張るんだよって笑い交じりにツッコもうとしたら、ヒメジは口元を押さえ目を伏せた。

「わ、私、学校に戻りますっ」

「え、ああ、うん……？」

ガタっと席を立つと鞄《かばん》をひっつかみ、ヒメジは足早に玄関から出ていく。

俺は閉まりかかった扉を開けた。

「ヒメジ。体調のこと、心配してくれてありがとうな」

こっちを見たと思ったら、小さく舌を出す。プイ、と顔をそむけて耳を赤くしたまま去っていった。

◆鳥越静香◆

「藍《あい》ちゃん、どこ行ったんだろう」

自習中、ひーながシャーペンの頭で頬をぷにぷにと差しながらあたりを見回した。

ひーなの隣人が今日はまだ学校に来てないのと、先生がいないのもあって、私はひーなの隣の席に移動をしていた。

「サボってるのかな」

意外と彼女はゆるい所があるらしい。

私が言うと、ひーなは表情を曇らせる。

「テスト対策用のプリントだから、やっておいたほうが絶対いいやつなのに」

「ひーなほど、みんなテストに対する思い入れはないから」

苦笑しながら言うと、解せぬ、と言いたげにおどけたように眉根を寄せた。

「しーちゃんはテスト大丈夫そう？」

「うん。いつも通り」

そっか、よかったぁ、とひーなは笑う。

ジャブみたいな会話の切り出し方。別にそんなことが聞きたかったわけじゃないと思う。

——最初の授業が終わったあとの休憩時間。まだ学校に来ない高森くんを私たちが心配していたときのことだ。

「諒、来ませんね」

「諒くん、朝起こしに行ったけど起きる気配がないから、迷ったけど置いてきちゃった」

ひーなが毎朝高森家に行っていることを、私はここではじめて知った。

「茉菜ちゃんと一緒になって起こそうとしたけど、全然ダメで」

「そうなんですか？　まったく、泥のように眠るんですね、諒は」

二人の会話が右から左へ流れていく。

私が余所《よそ》行きの服で、髪の毛だってちゃんとセットして行くような場所に、ひーなは毎朝行っている。

私にとっての非日常は、ひーなにとっては当たり前の日常。

家が近所なのだから、そこらへんのコンビニへ行くのと大差はないんだろうけど……

幼馴染《おさななじみ》って、どうしてそんなにずるいんだろう。

「メッセージも既読になりませんね」

「こっちもだよ。ううう～。諒くん、まさかサボる気じゃ」

唸ったひーなが半目で携帯のディスプレイを睨《にら》む。

よかった。既読にならないのは――無視されているのは、私だけじゃないんだ。

もしかして、と私は思ったことを口にした。

「高森くん、体調が悪いんだと思う」

悪いんじゃないの？　じゃなくて、『だと思う』。

思わずこぼれた言葉が、どこか牽制《けんせい》をしているみたいで自分でも嫌だった。

けど、本当にそうなら、昨日のことが原因だと思う。

終電をうっかり逃してしまった私を、自転車で長距離を走り、家まで送ってくれたのだ。

嬉《うれ》しかったけど、もしそれが原因で体調を崩したのなら、申し訳なさしかない。

「昨日ピンピンしてたのに、体調不良ですか？」

ヒメジちゃんが不思議そうに首をかしげる。

「えっと、うん。熱とか出たのかなって」

「『サボりは元気なときに限る』っていう諒くんが……？」

「可能性の話だから。あくまでも」

「なくはないですね」

そうして、ヒメジちゃんはトイレに行くような雰囲気で教室を出ていったまま、次の授業の自習がはじまっても戻ってこなかった。

「藍ちゃん、保健室とかかな」

「ヒメジちゃんも具合悪くなったの？」

「藍ちゃんは、ソロスキルが高すぎて、全然『報連相《ほうれんそう》』してくれないから」

ひーな側ではない隣の席をちらりと見る。

ヒメジちゃんは読めない部分があった。

女子のクラスメイト二人からのトイレへの誘いを「いってらっしゃい」で済ませる。

私がそれを目撃したとき、微妙そうな空気が流れていて、やっぱり誘った二人も微妙そうな顔で目くばせし合って、その場を離れた。

ちょっとしたカルチャーショックがあった。

私にそんな勇気はたぶんない。用がなくても、ふたつ返事で連れ立ってトイレへ行ったと思う。そして、鏡を見ながらどうでもいい話で盛り上がるのだ。授業の話、先生の話、ハマっている動画の話、好ましくない人物の話――。

自習のプリントを進めながら、ひーなが言う。

「藍ちゃんは、一匹狼《いっぴきおおかみ》だからね。すごいよ」

トイレへ一緒に行くと、私たちは仲が良い、というタグをお互いつけることができる。

だからどうしたって話だけど、そうしてないと少し不安で、関係がぐらぐらしてしまう。

それは恋人同士がキスをするのと同じことなんじゃないかなと思っている。彼氏ができたことがないからよくわからないけれど。

「しーちゃん、終わった?」

「今最後のところ」

「終わったらトイレ行こ」

「いいよ」

最後の問題を解き、プリントを裏返してハンカチを持つ。難しかったね、なんて言いながら席を立ち、しんと静まった廊下を歩く。

「諒くん、どうしたんだろうね」

「ただのサボりならいいけど」

「ううん、よろしくはないんだけどね」

ひーなは困ったように笑う。

「どうして諒くんが体調不良だと思ったの?」

私のあの言い方が、ずっとずっと、引っかかっていたんだろう。スニーカーに入り込んでしまった小石みたいに。

「昨日の夜。高森くんちに行って、映画のことで、ちょっと相談してたら終電逃しちゃって」

「……そうなんだ」

ひーなの笑顔に固い物が混じるのがわかった。

「それで、わざわざ家まで自転車で送ってくれて」

「えっ。諒くんちからしーちゃんち？　それ結構遠いんじゃ」

「うん。すごい助かったんだけど、高森くんが家に帰ったのもかなり遅い時間になったと思うから、それで……」

「なるほど。けどそれなら、めちゃめちゃ寝てるだけだと思うよ」

「ならいいけど」

濁せばよかった。

ベッドから起きずメッセージが既読にならないなら、体調が悪いかもしれない、なんて予想、すぐ立てられる。

事実を、わざわざ伝える必要なんてなかった。

私の、出来心みたいな嫉妬《しっと》心が、ひーなを引っかいてしまった。

「……ごめん」

「どうしてしーちゃんが謝るの。謝らなくていいよ。寝ぼすけな諒くんが悪いんだし」

からりとした笑顔をひーなは覗かせた。

そうじゃない。そこを謝ったわけじゃない。

けど、それは言えなかった。

「ねえねえ、どんな話になるの？」

沈んでいる私の表情を悟ってか、話題を変えてくれた。

「大まかな部分だけ、決まってて」

うんうん、とひーなは私の話を聞いてくれた。

私はもう一度、心の中でごめんねとつぶやいた。

③ 夏休みまでの関門

テスト期間に入った。

俺《おれ》と伏見《ふしみ》とヒメジと鳥越《とりごえ》が図書館で勉強していることを聞いて、篠原《しのはら》もやってくるようになった。

俺の隣にはヒメジがいて、向かいには伏見がいる。

隣のテーブルでは篠原と鳥越が勉強をしていた。

「しーちゃん、さっきからずっと何をしているの?」

ペンを止めた篠原が、おもむろに鳥越に尋ねた。

「脚本の作業。今イイ感じだから」

「勉強しなくてもいいの?」

心配そうな篠原をよそに、鳥越は「だいじょぶ」と言っていた。

「ほら、諒《りょう》くん。手が止まってるよ。問題解いて」

ういー、と俺が生返事をする。脚本という単語は、伏見にも聞こえていたんだろう。聞こえてからというもの、ずっとそわそわしながら鳥越のほうをチラチラ見ている。

「姫奈《ひな》、気になるなら見せてもらえばいいじゃないですか」

問題集から目をそらさないままヒメジが言うと、伏見は首を振った。

「今は、勉強中だから」

鳥越は、そんなに成績は優秀じゃない。今回の期末は、数学と英語が三〇点未満だと、夏休みに開催される補習授業を受けなくてはいけなくなる。

というわけで、家庭教師の姫奈先生には、数学と英語を中心に教わっていた。

「藍《あい》ちゃん、そこは……」

「私のことはいいですから。姫奈こそ、足をすくわれないように注意したほうがいいんじゃないですか」

「そうなっても、赤点なんて取らないから大丈夫だよ」

この自信である。

……うらやましい。

ヒメジもそう思っているのか、微妙な顔つきでにこやかな幼馴染《おさななじみ》を見つめている。

「そういや、ヒメジって頭よかったっけ」

「諒よりはいいですよ」

小学校のときどうだったっけ、と思い返そうとすると、ヒメジのノートに挟んである答案らしきプリントが覗《のぞ》いていることに気づいた。

あれは、たぶんこの前の小テストじゃ……。

問題集に集中するヒメジの隙《すき》をつき、すっと数学の答案を引き抜いた。

五〇点満点の小テストの点数欄には、真《ま》っ赤《か》な色で3と書かれている。

「ぶはっ。俺よりダメじゃねえか！」

ようやく気づいたヒメジが、慌てて答案をひったくった。

「ちょっと、勝手に見ないでください」

「おいおいおい、ヒメジ、おいおいおい」

「ニヤついた顔がムカつきますね……」

「俺より頭がいいらしい姫嶋《ひめじま》さん、俺が何点だったか知ってますか」

見せびらかしたい俺は、ヒメジの答えを聞く前に自分の答案を引っ張り出した。

「13点」

「くっ……諒にそんな大差をつけられるなんて……」

悔しそうなヒメジ。伏見は呆《あき》れたような半目をしていた。

「得点が三〇％未満って時点で、諒くんも赤点でしょ」

「そんな現実突きつけてくるなよ。倍にしたら、26点か……そうか、26か……」

なかなかいいんじゃないか？

「何をまんざらでもない顔をしているんですか。結局諒も赤点じゃないですか」

「倍にしたって、ヒメジは6点だぞ、たったの。俺との差は、20点に広がってる」

「りょ、諒が、果てしない壁に見えてきました……！」

「転校のときに試験なかったのかよ」

「ありましたよ。マークシートだったので、回答に困りませんでした」

数字を塗《ぬ》り潰《つぶ》せば回答できるのがマークシートだからな。解けたかどうかは別の話だろ。

おほん、と伏見が大げさな咳払《せきばら》いをする。

「この世には、赤点を取る人間と取らない人間がいます。わたしは後者。二人はどう？」

にこっと笑いかけてくる伏見。

「どんぐりの背比べはやめて、問題に集中してね？」

「うい」「はい」

怒られた俺たちの返事が被《かぶ》った。

カリカリ、と問題を自分なりに解き進めていると、ヒメジは早々に手が止まっていた。横顔だけでも、形のいい眉《まゆ》に筋の通った鼻、薄い桃色の唇は小難しそうに引き結ばれているのがわかる。

「タカリョー、アイカ様を凝視しないで」

いつの間にか、篠原が向かいの席にいて、伏見と入れ替わっていた。

「してねえよ」

俺を見る篠原は、果物に群がる虫を見ているような目をしていた。

「美南《みなみ》さん」

ヒメジに呼ばれた篠原が、シャキンと背をただした。

「ひゃいっ⁉　な、なに、なんですか？」

「私は、姫嶋藍なので……名前で呼んでいただけると嬉《うれ》しいです」

ヒメジは洗練されたプロの笑顔を篠原に向けた。

「わ、私なんて者が、アイカ様の真名を口にするなど、恐れ多いです……」

「ええっと……」

笑顔のままヒメジが固まる。

この人どうしよう、って思っているのがありありと伝わってきた。

「篠原、ヒメジを神様みたいに崇《あが》めるのをやめろ。ヒメジが困ってるぞ」

言うと、篠原は眼鏡《めがね》をくいっと上げてドヤ顔をした。

「自分だけはわかってる、みたいな、勘違い古参アピールはやめてちょうだい。好きになったのは私のほうが古いのよ」

「さっきのどこが古参アピールだったんだよ」

っていうか、俺は幼馴染なんだから古参も古参、最古参だろうに。

ヒメジに尊敬するポイントなんてないことを教えてやろう。

俺は親指でヒメジを差しながら言った。

「あのな。だいたいこの神様は、数学の小テスト3点の神様なんだぞ？　夏休みの補習待ったなしだってのに――」

「ちょっと、余計なことを言わないでください」

バラされるのは恥ずかしいのか、肘《ひじ》で俺を小突いてくる。

「慌てるアイカ様……怒るアイカ様……全部可愛《かわい》い……いと尊し……」

そこの眼鏡、拝むのをやめろ。

「『ヒメジ』なら、本名って感じしないから呼びやすいだろ？」

鳥越もヒメジちゃんって呼んでいるし。

「では、ヒメ様で」

どうしても様はつけたいらしい。

「はい。それでお願いします。敬語でなくてもいいですからね。あとアイカはやめてください。私の名前ではないですし、そもそも何の関係もありませんし。……何の関係もありませんし」

二回言った。

今後もこうして顔を合わせる機会はあるだろうから、篠原をヒメジに慣れさせておいたほうがいいかもしれない。

「篠原、一応頭いいだろ？　ヒメジに数学教えてやってくれよ」

篠原が目でいいのそれ？　と俺に尋ねてくる。

ヒメジの様子を窺《うかが》うと、困っていたのはたしかだったようなので了承した。

「美南さん、お願いします」

「りょ、了解し、したわ」

どぎまぎしながら、ヒメジの質問に篠原は答えていった。

学校が違っても、教科書が一緒でよかったな、篠原。

隣のテーブルを見やると、伏見が鳥越を質問責めしていた。

「しーちゃん、どうなるの、その先」

「うん、あとでね、あとで教えるから」

伏見はやっぱり脚本が気になるらしく、鳥越の隣から手元をどうにか見ようと背筋を伸ばしたりして覗く角度を変えていた。

「その展開だと、わたしは」

「もう、ちょっと、うるさい……集中させて」

覗こうとする伏見の顔をぎゅいいい、と押しやっていた。

あっちはあっちで大変そうだな。

閉館時間になり、俺たちは図書館をあとにした。

鳥越の話によると、脚本は四割ほど進んでいるそうだ。

それなら、大きな変更がない限り、配役や必要な小道具や場所の周知ができそうだな。

「高森《たかもり》くん、もうちょっとで一段落だから、そのとき、読んでくれる？」

鳥越の言葉に俺は二つ返事をした。

「うん、いいよ」

「ねー、しーちゃん、わたしはー？」

「ひーなは客観性ゼロだから大丈夫。完成を待つべし」

「えぇぇ～」

ぶうぶう、と伏見がその帰り道で拗《す》ねたことは言うまでもないだろう。

こうして、映画制作は着々と進み、夏休みが近づいていった。


「何か言いたいことはある？」

今日機嫌がずっと悪かった伏見が、向かいの席で腕を組んでいた。

あのタイミングから、ずっとずっと鳥越とヒメジと俺を問い詰めたかったんだろうな……。

駅前のファミレスで、伏見は大きなため息をつく。

「何で三人とも赤点なの。一緒に勉強したじゃん」

棘《とげ》しかない口調で伏見は原因を追究しようとする。

俺たちは顔を見合わせた。

「とは言うけどな、伏見。俺は25点。善戦。善戦。上々だろ」

伏見はがっくりと肩を落とした。

「どうして堂々とそんなこと言えるの」

英語はどうにか赤点を免れたものの、俺と鳥越とヒメジは、数学でそれぞれ赤点を取ってしまった。

「しーちゃん。大丈夫？　って何回も訊《き》いたよね？」

「うん。私基準では30点は全然射程圏内だったよ」

「せめて安全圏って言って……だから赤点取るんでしょ……」

「その代わり、脚本が完成した」

「ほんとっ⁉」

体を乗り出し、伏見が目をキラキラと輝かせる。けど、話がそれそうなことに気づき、ぷるぷると顔を振った。

「今は、その話は置いといて……。藍ちゃん」

「マークシートなら本気が出せたのですが」

「いや、本気は出せよ常に」

思わず俺はツッコんでしまった。

マークシートだったとしても点数大して変わんねえだろ。

「あの答案用紙では話になりませんね」

「話になんねえのはヒメジの学力だろう」

「15点ぽっち高い点数だからって、いい気にならないでください」

フン、とヒメジが鼻を鳴らした。

「ひーな。夏休みの補習授業は、再テストで50点取れなかったらだから、そんなに怒らなくても」

「わたしは、そこを怒ってるんじゃなくて、勉強しなかったことを怒ってるんだよ」

もぉ、と牛みたいな声を出す伏見。

でも俺は楽観視しまくりだった。俺には、再テスト無敗という安心と信頼の実績がある。くぐってきた修羅場《しゅらば》の数が違う。

伏見の小言がはじまろうかというとき、鳥越が鞄《かばん》をまさぐると、ばさりとホッチキスでまとめられた紙束を四部テーブルの上に置く。

「職員室でコピーさせてもらって台本作ってきた。これでいくから」

俺も途中何度か確認させてもらったけど、これといって意見を言うことはなかった。それくらいに、上手《うま》くできていると思った。

無言で手に取った伏見とヒメジが熟読をはじめると、鳥越の顔が強張《こわば》っていった。

「目の前で読まれると、緊張する……」

読むだけなら一〇分もかからないそれを、二人は読み続けた。

沈黙に耐え切れなかったらしく、ドリンクサーバーで入れた鳥越のジュースがどんどん減っていった。

俺と相談しながら映画撮影に必要な物を箇条書きにしたA4の用紙を出して、漏《も》れがないか二人に訊いてみるけど、とくに追加するものはなかったようだ。

「どうだった？」

鳥越がなかなか感想を尋ねないので、代わりに俺が訊いた。

「思い人が登場しないのも、いい演出だと思う」

伏見が真っ先に口を開いた。

この二人に釣り合う男子は、それこそ芸能事務所でも当たらないといないだろうからな。

「短編ということを考えれば、出さないほうがテンポもよくなる……ということですか？」

「うん」

「具体的にどんな男子なのか、想像を掻《か》き立《た》てられますね」

二人にはおおむね好評だった。

それからは、制作進行の話。クラスのみんなにどう役割を振るかを決めていった。そのへんは、伏見はさすがだった。中心的な存在だけあって、みんなのことをよく見ている。

誰《だれ》と誰の仲がよくて、仲がいいだけだと仕事しないから真面目《まじめ》な人を一人割り振って……と、俺も鳥越も納得の采配《さいはい》を見せた。

明日のホームルームでこのことを告知するということになり、この日はこれで解散。

役割分担はどうにかなったけど、問題は機材だった。

最悪大型の照明は無しとしても、カメラとマイク、小型の照明が必須で、俺が調べた感じだと最低でも数万は必要になってくる。

帰り道、伏見とヒメジに機材の話をすると、あっさりヒメジが言った。

「それくらいの金額でいいなら、出せますよ？」

「いや、待て待て。そういうのは、ちょっと違うだろ」

そうだった。ヒメジはちょっと前までそれなりに収入があるんだった。

「そうですか？」

俺と同意見だったらしい伏見は、うんうん、とうなずいている。

「そうだよ。藍ちゃんにおんぶに抱っこってわけにはいかないしね」

撮影に予算を割いているため、機材に充てる予算はもう全然残ってない。

俺たちでどうにかするしかない、か……。

「バイトしよう、バイト！　高校生、夏、バイト。これ、セットでしょ」

「どうして進んで面倒くさいことをしたがるか私にはわかりませんが……私はしませんから

ね？」

伏見の提案をヒメジは冷ややかに返した。

どっちにしろ俺は、パソコンと編集ソフトを買う必要があった。ちょうどいいといえばちょうどいい、か。

「どんなことしよっかなー」

「高校生が夏だけできるバイトなんて、かなり限られると思いますよ」

「えー。そうなの？」

あ、とヒメジが声を上げた。

「知り合いにあてがあります。もしかすると借りられるかもしれません」

知り合い……もしや……？

俺の予想は的中しているらしく、ヒメジはかすかにうなずいた。

「そうなんだ！　だったらちょうどいいかも！」

「借りられれば、ですけどね。ちょっと訊いてみます」

アイドルやってたときの伝手《つて》を使うんだろう。

完全に縁を切ったってわけじゃないんだな。

活動を休止して脱退って話だから、完全に引退したわけでもないのか……？

二人と別れ家に帰ると、俺は自分の部屋でベッドに寝転んだ。

再テストの勉強にバイト探しに映画のカット割りを考えて――あれ、なんか忙しいな……。けど、不思議と嫌な忙しさではなかった。また勉強するのは嫌だけど。

「なあ、茉菜《まな》。バイトって俺何ができると思う?」

俺は帰ってきた茉菜に訊いてみる。

「にーにがバイト? んー、あ、じゃあ、皿洗いとかは?」

「飲食店かぁ」

「んーん、家の。一回二〇〇円でどうっ?」

「そういうんじゃねえんだよ……」

えー、じゃあ何ー? と茉菜が唇を尖《とが》らせた。

皿洗い一回二〇〇円って小学生みたい。このへんは茉菜とはいえ中学生なんだなぁ。

バイトを携帯で探していると、メッセージが届いた。ヒメジからだ。

『機材、貸し出してもいいみたいです。いくつか種類があるみたいなので、事務所まで一緒に来てもらえますか? 私ではよくわからないので』

仕事の早いヒメジが、さっそく訊いてくれたらしい。

俺も詳しいわけではないけど、ヒメジ任せにはできないので一緒に行くことを返信しておいた。

④ 男女二人で出かければそれはデート

「お待たせしました」

駅のホームで待っていると、ヒメジがやってきた。やっぱり制服から私服となると新鮮さが増してみえる。

ふわりとした白いロングスカートに袖《そで》のないシャツを着ている。鞄《かばん》を肩から斜めにかけているので、ちょうど胸のあたりが強調されているような形だった。

思わず目がいってしまったけど、茉菜《まな》や鳥越《とりごえ》曰《いわ》く、そういう視線はわかるらしいから、俺《おれ》は努めてそっちに目をやらないようにした。

それと今日のヒメジは眼鏡《めがね》をかけている。

俺がじいっと見ていることに気づいたのか、

「あ、これですか？　伊達《だて》ですよ、伊達」

ヒメジはフレームをとんとんと叩《たた》いて笑顔になった。

「なんていうか、どこかの大学生かと思った」

「大人っぽいっていう意味ですか？」

目をぱちぱちと瞬きさせて、口元をゆるめるヒメジ。

東京のほうで生活していただけあって、あか抜けてるなと思っただけだ。

土曜日の今日は、先日ヒメジが言っていた機材を事務所まで借りに行く。

伏見《ふしみ》はアクターズスクールだし、鳥越は脚本のチェックしたりで、誘ってはみたものの、俺たちだけとなってしまった。

やってきた電車に乗り、一路事務所を目指す。

「やめたってわけじゃないんだよな」

「アイドル自体はやめていますけど、芸能活動は休止という形にしてもらっています」

「へえ」

今から伏見は、そっち側に行こうとしてるんだよなぁ。

「中二からです。オーディションを受けて、合格してグループに入って……」

実働でいうと二年半くらいだったらしい。

けどその反面、学校生活はおろそかになって、授業もあまり受けれなかったし学校行事にもほとんど参加したことがなかったという。

「体調を崩してから、諒《りょう》たちのいる地元に帰りたいなぁって、思うようになって」

「頑張ったんだな」

労《ねぎら》うように俺が言うと、ヒメジは首を振った。

「私はリタイアしてしまったので大したことないですよ。頑張っているのは、今も活動しているメンバーです」

内情をよく知らない俺にも、ヒメジの努力の深さがなんとなくわかったような気がした。

テレビの向こうにいるアイドルは、可愛《かわい》かったり歌が上手《うま》かったり、ダンスがカッコ良かったりトークが面白《おもしろ》かったりしているけど、あの子たちは大半が俺と同年代で、努力したその結果がライブやテレビに映ってるんだよな。

特集なんかでカメラが密着している番組を見たことがあるけど、同年代とはいえどこかの誰《だれ》かの話だ。

身近にそんな人がいると、感じ方も変わってくる気がする。

けど、この手の話になると、上から目線だったり高飛車なことを言わないんだな、ヒメジは。

俺に対してはまったくそんなことないのに。

「今日の服装、大学生みたいって言ったってことは、似合っているってことですよね？　諒は、こういうの好きなんですね」

いたずらっぽく微笑《ほほえ》みながら、目をしっかり見つめてくるヒメジ。

顔を見つめることになり、そこで気づいた。

化粧か？　普段のそれと、なんか違う。

「似合ってるは、否定《ひてい》しない」

「ふふ。素直じゃないんですから」

こんなふうにして、電車で一時間半ほどの移動を終え、最寄り駅からはヒメジの案内で現在も所属しているらしい事務所を目指した。

街を歩くと、人の多さにあちこちに目をやってしまう。

そんな俺にヒメジが、「田舎《いなか》者ってバレるから気をつけたほうがいいですよ」と忠告してくれたので、大人しく言うことを聞いた。

やってきたのは、コンビニが一階に入っている雑居ビル。

「このコンビニにはよくお世話になったものです」

それほど昔ってわけでもないのに、ヒメジは懐かしそうに口にした。

エレベーターに乗ると、ヒメジは迷わず4のボタンを押す。その横には明朝体で『レイジPA』とラベルが貼《は》ってあった。

「レイジパフォーミングアーツ、という名前の事務所です」

「初耳」

「でしょうね。グループを知っていても、事務所の名前なんて知らない人がほとんどですから」

エレベーターを降りてすぐのところに、受付用の電話が置いてある。受話器を取ったヒメジが「おはようございます。姫嶋《ひめじま》です」と話すと、しばらくして、通路突き当たりの扉が開いた。

出てきたのは三〇後半くらいのオシャレそうな男性で、こちらに手を振っていた。その人に、ヒメジが小さく会釈《えしゃく》をする。

「松田《まつだ》さん、おはようございます」

「アイカちゃん、元気してたー？」

どこか間延びした声音《こわね》で、松田さんと呼ばれた男性は柔和な笑みを浮かべている。ぱっと見でわかるくらい整った顔立ちで、モデルか何かだと思った。

「はい。あれから、体も問題なく」

「よかったぁ～」

ヒメジは、松田さんを俺に紹介してくれた。

「こっちは松田さん。レイジＰＡの社長兼グループのチーフマネージャーです」

「どう、どうも……はじめまして、高森《たかもり》です」

んじーっと松田さんは俺を覗《のぞ》き込む。

「あなたが、幼馴染《おさななじみ》の諒クン？　いい目……淀《よど》んだいい目をしているわ……」

淀んだ？　それいい目なのか。

褒めるときって、澄んだような瞳《ひとみ》とかって言わないか。

あれ、今……しているわって……？

「事務所が小さいから、社長と兼任なんです」

いや、ヒメジ。俺が引っかかったのはそこじゃねえ。

「カメラとマイクと小型の照明だったわね。応接室で待ってて」

はい、と返事をしたヒメジは、勝手知ったるといった様子で、事務所の中に入り、奥の扉を開けた。

革張りのソファーが向かい合わせに置かれている室内は、大きなガラス窓から外の様子がよく見えた。

「松田さんは、お世話になった人で、オーディションもあの人が担当しているんです」

「そうなんだ」

「あ、もしかして、事務所の社長とアイドルは、いやらしいことをしている、なんて思いましたか？　松田さんの対象は男性なので、全然大丈夫ですよ」

やっぱそういうことなのか。腑《ふ》に落ちた。

「お待たせぇ～」

んんっ、とお尻《しり》で扉を開けた松田さんは、紙袋をふたつ持ってきてくれた。

「お茶も出さずにごめんなさい。土日は事務の人休みなの。ほら今そういうのうるさいでしょ？」

「いえ、全然……」

向かいに座った松田さんは、紙袋からカメラを三台、それに取り付けられる専用のマイクも同じく三台、同じくカメラに取り付け可能な照明を出してくれた。

「好きなのをどれでも持っていって構わないわよ」

「ですって」

思ったよりもコンパクトで、カメラのどれを手にしてもずっしりと重い、なんてことはなかった。

気になった機材を松田さんは簡単に解説をしてくれた。

有名メーカーのカメラを一台持って、ファインダーを覗き込んでみる。

……これで、映画を撮るんだよな。

そう思うと、武者震いのようにぞぞぞ、と背中が震えた。

「覗かなくても、ディスプレイに映るわよ?」

「あっ……」

ふふふ、とヒメジが笑っている。

解説を聞いたときから、なんとなくこのカメラにしようと思っていたので、あまり迷うことはなかった。マイクは大差がないらしいので、一番新しいものを貸してもらうことにした。小型の照明も扱いやすいものを選んだ。

「カメラ、壊さないでくださいね。結構いい値段するはずですから」

「おい、ビビらすなよ……」

カメラをあちこち触っていると、松田さんがんじーっと俺を見つめてくる。

「やっぱり、いい目よねぇ……淀んだいい目」

それ褒め言葉なの？　喜んでいいの？

松田さんは選んだ機材の使い方を丁寧に教えてくれた。

細かい機能はネットであとで調べようと思っていたけど、手間が省けてよかった。

男の俺が見てもびっくりするくらい男前の松田さん。イケメンっていうよりは、男前って表現がよく似合う。

「アイカちゃん、あとでちょっとだけ時間もらえる？」

「はい。いいですけど、何でしょう」

「大事な話。ごめんなさいね、デート中に」

デート……まあ、客観的に見ればそうなるのか？

「ち、違います！　諒に、機材を選んでもらおうと思っただけで……私、そういうつもりじゃ……」

顔を赤くしたヒメジが強く否定する。

俺も隣でうむうむ、と赤べこのようにうなずいていた。

けど、否定が想像以上に強かったらしく、松田さんは目を丸くしている。

「そんなに？　えぇぇ……。あらそう。そうなの」

何かに納得がいったのか、俺とヒメジに視線を往復させている。

「サクライロモメントをやめてよかったわね。ちょっと前ならこんなこともできなかったでしょうし」

「松田さんっ、そっ、そういうつもりで、この、その……ここまで来たわけじゃ」

顔色が赤いまま、ヒメジはさらに否定する。

「だってあなた、勝負服でしょう、それ」

「ふんぐ」

変な呻《うめ》き声を上げたヒメジは、「ちょっと、お手洗いに……」と逃げるように部屋をあとにした。

「可愛いでしょう、アイカちゃん」

「あんな一面もあるんですね」

ヒメジはイジられキャラというイメージがないので、ああいう反応をするのが意外だった。

「ヒメジ……姫嶋さんが言っている通りで、別にデートってわけじゃないんで、あまりからかわないであげてください」

ふふ、と松田さんは吐息だけの笑い声をこぼす。

これだけだと、完全に男の笑い方なんだけどなぁ。

「本当に元気になったのね、あの子。『サクモメ』やめる前なんて、もうげっそりしてて、生気もなかったんだから」

「そうなんですか」

「ええ。……女の子、だものねぇ。納得だわ」

また自分の中での疑問が解けたらしく、松田さんは何度かうなずく。

「もうヤっちゃった？」

「ぶはッ」

げほん、ごほん、と俺はむせた。唾《つば》が変なところに入った。

「あらあら、大丈夫？」

「だ、大丈夫です。いきなり変なこと言うから……」

「ちょっと確認しただけなのに、んもう。顔真っ赤《まっか》にしちゃってぇ」

「いや、これは咳《せ》き込《こ》んだからですよ。それに、付き合っているわけでもないんで、そういうことは、その」

「所属事務所の社長としては、知っておく必要があるのよ。アイカちゃん、まだ完全にやめてないし」

にこり、と松田さんは笑顔になった。

話を聞いていくと、いくつかアイドルグループがこの事務所に所属しており、すべてプロデュースをしているそうだ。ヒメジがいたグループも会社基準ではかなり売れているらしい。

室内に戻ってきたヒメジが、会話の端を聞いていたらしく「そこまで売れてないですよ」とすかさず訂正をした。

「アイカちゃんが戻ってきたし、諒クンには悪いけど席を外してもらえるかしら」

「わかりました。じゃあ、僕はここでお暇させていただきます」

借りた機材を紙袋に入れて席を立とうとすると、ヒメジが呼び止めた。

「あ、諒。バイトを探しているんですよね？　まだ決めてませんか？」

「まだだけど、どうかした？」

「松田さん、諒が夏休み、バイトをしたいらしいんですけど、何かありませんか？」

「ウチでいいのぅ？」

それは俺への問いかけだった。

「探している最中ですし、どれがいいかわからないんで、お世話になれるんなら、是非」

「うぅん、何かあったかしら」

考えるように宙に目線をやって、「頼めそうなことがあったら、アイカちゃん伝いに教えるから」と松田さんは言った。

いきなり世話になろうなんてちょっと図々《ずうずう》しかったかもしれない。望み薄かもな。

「ありがとうございます。お願いします」

と、俺は頭を小さく下げ、松田さんに機材のお礼を再度言って事務所を辞去した。

待つ時間はそれほど長くなかった。俺は出てきたヒメジと合流すると、事務所の近くにある喫茶店《きっさてん》にやってきた。

ヒメジのお気に入りの場所らしく、店内はとても静かで心地よいジャズが流れている。コンビニのように、キンキンに冷やされていない空調もありがたく、とても居心地のよさそうな店だった。

壮年のマスターが運んできてくれたランチのオムライスを俺たちはそれぞれ食べる。

「何の話だったの、松田さん」

「気になりますか？」

あむっとスプーンをくわえたヒメジが、挑発的な目をする。

「言えないことなら、無理に聞かないよ。俺に席を外させたってことは、部外者には知られたくないってことだと思うし」

おいしっ、とご満悦そうなヒメジは、唇についたデミグラスソースをちろりと舐《な》めた。

「オーディションの話です」

「オーディション？」

はい、と言ってヒメジは続けた。

「ミュージカルの主演のオーディションの話が事務所にきてて。松田さんがどうだ？　って。アイドルとはまた違うことに挑戦していこう、という方針になったんです」

「これからも活動はしていくんだ？」

「諒は、嫌ですか？」

そんなわけない、と俺は首を振った。

「応援する」

「ありがとうございます」

つんつん、とヒメジがテーブルの下で足をつついてくる。

スカートから覗く華奢《きゃしゃ》な白い脚にはサンダルと、控えめなネイルが施された綺麗《きれい》な爪《つめ》が見えた。

「『サクモメ』のメンバーには迷惑をかけたと思うんですが、アイドル活動自体に悔いはありませんし、そのことにちょうど興味が出てきたところなので、ダメ元でやってみようと思います」

ダメ元、か。

そういう気持ちって大事なのかもしれない。

俺は何をするにしてもビビってばっかで、映画撮影の監督役だって、伏見に背中を押してもらってようやく決心したくらいだ。

「俺もその精神を見習おうと思う」

「なんだか諒らしくない熱さを感じます」

「悪かったな、らしくなくて」

オムライスを食べ進めていると、いつの間にかヒメジは曇り顔をしていた。

「前向きになったのはいいことですが……姫奈《ひな》ですね、あなたに影響を与えたのは」

俺が否定せずいると、むむむ、と小難しそうに唇を曲げた。

「ずっとそばにいるって、強いですね……」

なんとも言えず、俺はランチをヒメジより先に食べ終える。

ぱっと外を見ると陽炎《かげろう》が立ち昇っているのが目に入った。携帯で天気予報を見ると、気温は真夏日。夕方からは雨が降るようだ。

「暇なら撮ってください」

ヒメジの食べ終わりを待っているとそんなことを提案してきた。

「暇ってわけでもないけど」

試しに何かを撮ってみたかったので、俺は紙袋からカメラを取り出した。その気になったヒメジは、伊達眼鏡をはずし、目の間をぐにぐにと揉《も》んだ。

俺が不思議そうに見ていると、「こうしないと眼鏡の痕《あと》が残ってしまうので」と教えてくれた。

「もう撮ってるぞ」

「えっ、それならそうと早く言ってください」

テーブルの下で、ヒメジが抗議をするように足をバタつかせた。

「すぐデータ消して残さないようにするから」

「いえ、残してください。きちんと。諒がこのカメラではじめて撮ったのは、私ということになります」

そんな重要なことか？　と俺は首をかしげた。

髪の毛を片手で押さえ、スプーンを口に運ぶ。ディスプレイ越しだと、客観的に見えるんだろうか。

誰もが認める美少女だというのが、よくわかった。

食べ終えてしばらくしてから、支払いを済ませ俺たちは店を出る。

「いい店だな」

「でしょう？」

「さて、雨降るらしいし――」

俺が駅の方角へ歩こうとすると、袖を摑《つか》まれた。

「せっかくの……」

小声に振り返ると、思いのほかヒメジは真面目《まじめ》な表情をしていた。

「帰るなんて、言わないでください」

蟬《せみ》の声というよりは、車の排気音のほうが大きく聞こえる大通りを、ヒメジと歩く。

空調が効いていた喫茶店との差もあり、気温以上に暑く感じた。

「一緒に行きたいところがあるんです」

そう言ったヒメジについていっているけど、どこに行くつもりなんだろう。

帰ろうとした俺をヒメジは引き留めた。

俺も帰って何か予定があったわけじゃないから、付き合うことはやぶさかではなかった。

強いて言うなら、カメラを触って機能を確認したいくらいだ。

「あそこです。私は久しぶりですけど、諒は来たことありますか？」

ヒメジが指を差したのは、俺でも知っているくらいの大きなファッションビルだった。

「そもそも、東京はじめてだったりしません？」

「それくらいあるわ」

「ほんとですか～？」

いたずらっぽい口調でヒメジは笑う。

「田舎モン扱いすんなって」

ま、来たって言っても、遊んだり買い物したりしたことはほとんどないんだけどな。

目的地のファッションビルだって、正直、地元のほうで買う服と何が違うのか、俺にはさっぱりわからない。無駄に人も多いし。

だから東京に行く理由が、俺にはほとんどなかった。

同年代や中学生くらいの女の子たちが吸い込まれていくビルに、俺とヒメジも入っていく。

すっとヒメジが腕を組んだ。

「……ヒメジ」

「何ですか？　何か言いたいことがあるならどうぞ」

「腕……」

「それが？」

俺が何を言おうとしているのかわかっているくせに、ヒメジはとぼけた様子で首をかしげる。

「離せって」

「嫌です」

笑顔で拒否された。

なんでだよ。

ビル内は、どこを見ても中高生の女の子ばかり。もしかすると、小学生もいるのかもしれない。

六階です、と言うヒメジとエレベーターに乗り込む。

徐々にエレベーター内が混んできて――やっぱり女の子ばかりだ――ぎゅうぎゅうになったところで扉が閉まる。

余裕があったスペースも今ではなくなり、ヒメジとは密着している状況だった。他の子には、意地でも触れないように配慮すると、どうしてもヒメジのほうに寄ってしまう。

女性専用車両に紛《まぎ》れ込んだみたいで、なんかちょっと気まずい。目のやり場に困り、階数表示だけを見ていると、こそっとヒメジが声を漏《も》らした。

「諒」

「ん?」

「な、何でもないです……」

戸惑ったように、ヒメジは目線をそらした。

珍しく、何か言いたそうなのに何も言わない。

ん?

エレベーター内がぎゅっとしているせいで、俺とヒメジの距離もぎゅっとされていて、腕を絡《から》めていたのもあって、俺の二の腕ががっつりヒメジの胸のあたりに触れていた。

それに気づいて、自分の顔が紅潮するのがわかった。

「あっ――ひ、ヒメジ、あのこれは」

弁解しようとしたけど、離れようとすれば他の女の子と接することになる。

「……」

黙って恥ずかしそうにしてないで、な、なんか言ってくれよ。より気まずさが増すじゃねえか。

そんなことを思っていると六階に到着し、「すみません、降ります」と俺は乗客を押しのけて出ようとする。

ヒメジが取り残されそうだったので、手を掴んでエレベーターから引っ張りだした。

「さっきのあれは、不可抗力だからな、一応、念のために言っておくけど」

「わ、わかっています。わざとじゃないってことくらい。私、気にしてませんから」

とは言うものの、全然目を合わせてくれない。

「幼馴染の胸を肘《ひじ》で突いた感想は？」

成長を感じた、なんて死んでも言えない。

「そんなこと訊《き》いてくるなよ……。そんで、突いてねえんだよ」

ため息まじりにどうにか返すと、ヒメジはくすっと吐息のような笑い声を漏らした。

「今、私はわかっていながら意地悪なことを尋ねました」

「イイ性格してんな、ほんと」

ふふふ、と品よく笑うヒメジが、いたずらを思いついたような顔で俺を覗き込んだ。

「姫奈より大きいですよ、私」

……でしょうね。

「そんなこと言って……どうする気だよ」

「いえ、ただ事実を述べただけです」

歌うように言うヒメジ。いつの間にか手は繋《つな》がれたままで、フロアを歩いていた。

ようやく足を止めたのは、アパレルショップの前。時期とあってか店頭にいるマネキンがカラフルな水着を着ていた。

「さて、行きましょう」

「入りにくいわ！　何ナチュラルに連れていこうとしてんだ」

「水着を買いに来たんです。諒に選ぶ権利をあげようと思って」

そんな権利要らねえよ。

店の向かいに休憩用のベンチがあったので、俺はそこを指差した。

「そこにいるから、買ってきたら？」

「いやらしいことを考えているから、入りにくいんです」

ぺしぺし、とヒメジは半裸のマネキンを叩く。

「諒は水着姿のマネキンを見てムラっとするんですか？」

「しねえよ」

「じゃあいいじゃないですか」

いい、のか？　もうわからなくなってきた。

反論できなくなった俺は、ヒメジに引っ張られ店に連れていかれる。

色とりどりの水着コーナーに一直線のヒメジ。俺は目を細めてなるべく視覚情報を少なくすることにした。

店員さん、変な目で見ないだろうか。

視線をちょっと感じるんだよな……。

「ぷふっ。何ですか、その変な顔」

「変な顔って言うな」

俺の気まずさ対策を笑いやがって。

あ、変な顔してるから店員さんはこっち見てるのか？

片身が狭い思いをしている俺なんてお構いなしで、ヒメジは気に入りそうな水着を探している。

「こういうの、どうでしょう？」

一着を手にとったヒメジが、ハンガーにかかったままの水着を自分に合わせて見せてくる。

「いいと思う」

「諒は、こういうのが好きなんですね」

「好きとかじゃなくて……」

「じゃあ、これは？」

「似合う」

「やっぱりですか……似合ってしまうんですよね、私」

困ったように、やれやれ、とヒメジは首を振る。

「スタイリストさんにもいつも褒められてたんです。どの衣装もぴったりだねって」

自慢かよ。

そんなふうにプロが褒めるから、自信がつくんだろう。

若干自信過剰なところもあると思うけど。

「こっちはどうでしょう？」

「いいね」

「適当に言ってません？」

疑うように、ヒメジは半目をした。

「言ってないって」

ただ、どれがいいっていうのがわからないだけだ。

俺の言葉を額面通り受け取ったヒメジは、店員さんを呼ぶと俺に見せた三着を持って試着室のほうへ行った。

ほう、とため息が思わずこぼれる。

お客さんの女子たちの目もあるので、店を出ていよう。あとは気に入ったのを買うだけだろうし。

店の向かいのベンチに座っていると、俺を変な目で見ていた店員さんがやってきた。

「カノジョさんが見てほしいそうなので、来てもらえますか？」

「はっ？」

予想外の言葉に、俺は目をぱちくりさせた。

どこからツッコんでいいのやら……。

店員さんが手をちょいちょいとやり、俺を再び店内に招く。

奥の試着室の前まで連れてこられると、「ごゆっくりどうぞぉ～」と特徴的な高い声で、にこやかに立ち去っていった。

カーテンから、ヒメジが顔だけを出した。

「着ました」

「あのな、ヒメジ――」

文句を言おうとしたら、カーテンをシャッと開けた。

白い肌に、綺麗な鎖骨。言っていたように、伏見よりも豊かな胸元《むなもと》。黒いリボンをあしらった水着は、色白な肌と相まってよく映えている。

至近距離で水着姿を目の当《ま》たりにしてしまったせいで、直視はしにくかった。だからチラチラと見ることになった。

「い、いいと思う」

「実は、私もこれが一番かなと思っていたんです。ちょっと大人っぽいかもしれませんけど」

どうですか、とその場でくるりと回って見せる。腰の横ではリボンが結ばれていて、正面を向き直ると、弾みでふよんと胸が動いた気がした。

「他のも見ます?」

「い、いい。だ、大丈夫。大丈夫」

「そうですか?」

「ヒメジは、その、恥ずかしくないの? 男の俺に、見られて」

「あー。最初のうちは抵抗ありましたけど、慣れってやつでしょうか」

あ、そか、この幼馴染、アイドルやってたんだった。そりゃ、仕事で水着を着ることもあるか。あるのか?

「他のを着ても似合うはずなんですよ、私」

「あ、そう……」

「はい」

だから、とヒメジは続ける。

「私は諒の好きな女の子になれますよ」


支払いを済ませ、ヒメジが店から出てくる。その段階になれば、もう俺に付き添ってもらう必要を感じなくなったのか、店の外で待っていても何かを言うことはなかった。

一階のフードコートで買ったアイスクリームをプラスチックの小さなスプーンですくう。

「何で水着だったの？」

一階のフードコートは人出で賑《にぎ》わっている。ヒメジも同じ店で買った違うアイスクリームを食べていた。

「何でって、そういうシーン、あるじゃないですか」

「シーン？」

「これから作る映画で、海、行きますよね？」

ああ、と俺は膝《ひざ》を打った。

たしかに、そのシーンはある。けど、水着が必要かと言われれば、首をかしげざるを得ない。

「水着は着なくてもいいよ？」

ヒメジは、まるで俺が何もわかってない、と言いたげに、っはぁ～、と大げさにため息をついた。

「着る着ないではなく、海に行けば遊ぶでしょう？　撮影の合間とかで」

「撮って帰るだけだけど」

「この朴念仁は……高校生の夏を何だと思ってるんですか」

行けば海に入らないわけないじゃないですか、とヒメジは言った。

そうか？　と俺は首をひねる。

暑いし、砂で足はじゃりじゃりになるし、さほど楽しかった記憶がないんだよなぁ……。

「向こうの高校では、プールの授業はなかったので。だから、買ったんです。中学校のときのスクール水着では、ちょっと……合わないところもありますから」

プールの授業がないのは、こっちも同じ。

伏見あたりは中学の水着でも問題なく着られそうだ。

「私がそう思っているくらいですから、姫奈だって新調するはずです」

ってことは、鳥越もそう思ってるんだろうか。脚本書いているときに、これは海に行く、そうなるとみんな水着で遊ぶだろうな、と。水着が必要になるぞ、って。

「ひと口、もらえますか？　私のもあげますから」

俺はバニラ。ヒメジはストロベリー。スプーンを刺して、カップごとヒメジに突き出した。

「ん」

身を少し乗り出したヒメジは、ちろっとそのまま舐めた。

「バニラもありですね」

そう言うと、今度は自分のアイスクリームをすくうとこっちに差し出してきた。

「どうぞ」

「これ……」

「溶けますよ？　早く早く」

リズミカルにヒメジは俺を急《せ》かす。人目が気になり一度周囲を見渡してみると、似たようなことをしているカップルらしき男女がいた。

「そんなに構えるようなことですか？　恥ずかしいんでしょう、諒ってば」

「別に、そういうわけじゃ――」

いや、そうなんだけど実際。

やっている人もいるっていう事実に背を押され、ヒメジのアイスクリームを食べる。ストロベリーのほどよい酸味と甘さがじんわりと口の中に広がった。

「美味《おい》しいでしょう？」

「おう」と「うん」を合わせたような、曖昧《あいまい》な返事をした。

つんつん、とヒメジが自分の唇を触る。

「しちゃいましたね、キス」

「かっ、間接だろ。しちゃったっていうか……ほとんど無理やりだっただろ。急かすし、アイ

ス は溶けるし……」

あはは、とヒメジは肩を揺らした。

「そんな慌てなくてもいいじゃないですか。諒って、中学生みたいなんですね」

「うるせえよ……」

「シェアは女子同士なら割とやりますけど、男子同士ってやらないんですか？」

「やらねえよ」

って言ったけど、本当はどうなんだろう。男友達と遊ぶってことを、高校に入ってから全然してないからわからない。

お互いアイスクリームを食べ終えたころに、ぽろりとヒメジがこぼした。

「仕事として慣れているってだけであって、嫌いな人に、水着を見せたりアイスを食べさせたりしないですから」

「そりゃ、どうも……？」

よくわからないけど、軽くお礼を言っておいた。

ここでやりたいことはもうないらしく、ビルを出てうろうろしていると、頭に水滴が垂れてきた。

見上げると、いつの間にか重そうな雲に空は覆《おお》われていて、雨が線を引きながらぽつりぽつりと降り出しはじめた。

「雨――」

降ってきたからそろそろ駅のほうに、と言おうとする間に、どんどん強くなってきた。

「雨宿りしましょう」

「……それもそうだな」

そのとき、強い白光が瞬き、直後にドォン、と轟音《ごうおん》が響いた。

「きゃっ⁉」

たぶん、近くに雷が落ちたんだろう。俺は思わず首をすくめた。ヒメジは怖かったのか、いつの間にか俺にくっついていた。

「ごめんなさい……私、雷はダメで」

「そういうところは変わってないんだな」

「い、行きましょう」

どこに、と訊こうとしたら、手近で雨宿りできそうなところはそこしかなかったんだろう。ヒメジがカラオケ店を指差していた。

こうしている間にも雨脚は強くなっている。別の選択肢を考えるような時間はなかった。

「うん、行こう」

くっついて離れないヒメジと小走りになりながら、俺たちはカラオケ店へと駆けこんだ。

受付を済ませ案内のあった部屋へ行くと、他に部屋がなかったのか、それとも俺たちが二人だからなのか、案内されたのは小さな部屋だった。

薄暗い室内をディスプレイが煌々《こうこう》と照らしている。

「ここなら、雷の音も聞こえずに済みそうです。我ながら、いい判断でした」

自画自賛のヒメジは、バッグから出したハンドタオルで髪の毛や服を拭いている。

「諒も、これ使ってください」

別でハンカチを出してくれたけど、俺は「すぐ乾くから」と断った。

ハンカチにハンドタオルに、色々持ってるんだな。

「せっかくですし、歌いましょうか」

「あんま得意じゃないんだよな、俺」

「では、いい機会ですから練習しましょう」

「練習?」

「はい。歌だってスポーツと同じで、練習しないことには上手になりませんから」

そういうものらしい。

元プロだから妙に説得力がある。

俺が選曲用の端末をイジっていると、俺の膝に手を置いたヒメジが手元を覗き込んだ。

「歌いやすい曲だと――」

画面を触りながら、俺でも知っている曲をいくつか候補に挙げてくれた。その中のひとつを歌うと、意外そうな顔で「別に下手じゃないじゃないですか」と目をぱちくりさせた。

「今度は諒が選んでください。何でもいいですよ。どんとこい、です」

さすが。自信満々だ。

けど、んなこと言われてもな……。

困りながら俺があれこれ検索をしていると、もしかして、とひとつキーワードを入れてみる。

あ……あった。

『瞬間／サクライロモメント』

「じゃあ、これで」

送信ボタンを押すと、ピピピ、と電子音がした。

「え」

ディスプレイに表示された楽曲を見たヒメジに、「何でもいいって言うから」と俺は笑った。

「い……いいでしょう。やるからには、ガチでやります。フリもつけましょう」

腹を括《くく》ったらしい。

「そこまでしなくてもいいよ」

「諒は、アイドルだった私を知らないでしょう？　見納めになるでしょうから、よく見ておいてください」

ふうー、とアスリートさながらの呼吸をするヒメジ。伊達眼鏡をはずしテーブルに置いた。

「サビのところで、合図したら『ヘイ』って言ってくださいね」

「は？　え？」

「これを選んだからには、諒にもちゃんとしてもらいます」

俺は、ヒメジの変なスイッチを押しちまったらしい。

殺気立っているのかってくらい、目が真剣だった。

邪魔だったテーブルを端に避けて、動けるスペースを作る。イントロが流れ出すと、ステップを踏み、手で宙を掻《か》いた。

初耳だったこの曲は、アップテンポの曲調で疾走感のある気持ちのいい曲だった。

ヒメジの歌は当然のように上手い。

俺と目が合うと、一瞬照れくさそうにはにかんで、ダンスと歌を続けた。

たぶん、そういうものなんだろう。何度かタイミングがあると笑顔になり、ウィンクをし、また歌とダンスに戻る。

俺は、アイドルに大して興味がないし、そのライブなんて行ったこともなかったけど、その子を特別に感じるっていう気持ちが、よくわかった。

今歌って踊っている『アイカ』を、篠原《しのはら》が推していたっていうのもわかる。

合図があり「へ、へい」と言うと、もっと来い、とヒメジが手で煽《あお》るような仕草をする。

何度か繰り返すと、さすがにタイミングが摑めてきた。

「ヘイッ‼」

「そこは違います！」

思わずツッコまれ、自分の顔が真っ赤になるのがわかった。

くすっと笑みをこぼしたヒメジは、一曲を歌いきった。どこか充実したような表情で呼吸を整えている。

「一人の前で本気でやったのは、はじめてです」

「カッコよかったし、可愛かったと思う」

「へっ――？」

ライブを見に行きたくなるっていう人の気持ちがはじめて理解できた。

うんうん、と俺がうなずいていると、ヒメジがわたわた、と慌てていた。

「そっ、えっ……、も、も、もっと、衣装があれば、もっとアレだったんですけど……その……い、いきなり褒めないでください！」

ぺしぺしと俺を叩いてくる。

褒めたのに何で注意されてるんだ。

⑤ 抜擢と忘れ物

◆伏見姫奈《ふしみひな》◆

お風呂《ふろ》から上がり部屋へ戻ると、諒《りょう》くんから撮影のスケジュールが携帯に届いていた。

「むっ……!? 海？」

たしかに、そんなシーンがあった。ぺらぺら、としーちゃんからもらった台本をめくると、やっぱりあった。海で撮影必須のシーン。

設定やセリフの関係上、ロケーションが海じゃないと無理っていうシーンではないから、案外しーちゃんが行きたいだけだったのかも。

大雑把《おおざっぱ》ながら要点を押さえているスケジュールに、どこか諒くんらしさを感じた。

「ちゃんとやってるじゃーん」

ベッドで横になりながら、少し嬉《うれ》しくなって足をパタパタさせる。

みんなで行くんだー、海。楽しそう。

想像だけで三日は楽しめそう。

ん？　海……？

「はっ……要る……水着……。中学校のやつじゃ、ダメ……！　絶対に……！」

直感がわたしにそう告げている。

わたしが持っている水着って、中学校のスクール水着だけ――。

紺色で胸元《むなもと》に伏見って縫いつけられているあれ。

お財布の中身を確認すると、スカスカの瀕死《ひんし》の状態だった。あー、小説と好きな映画のブルーレイ買ったせいだ！

「お、お父さーん！」

バタバタ、と一階に下りていき、拝み倒してどうにか五〇〇〇円を借りることに成功した。

案の定「中学校のときのは？　まだ使えるんじゃないの？」って言われたけど、女の子のことを何もわかってないオジサンに説明をするのは骨が折れた。

完全に納得したってふうじゃなかったけど、ともかく、五〇〇〇円を確保できた。

「足りるかな……」

ネットで検索してみると、予算内で収まる可愛《かわい》い水着は多かった。

諒くんにさっそくメッセージを……と、思ったけど手を止めた。

「どうせ諒くん、わたしが中学校の水着を持ってくると思っているだろうから、ちょっとしたサプライズしちゃお」

『水着買いに行きたいから付き合ってほしー！』と入力した文章を消していく。

すると、しーちゃんからメッセージを受信した。

『海行くなら、水着持っていく？』

『もちろん！』

さては、しーちゃんも中学校の水着しか持ってなくて焦《あせ》っているパターンでは？

だったら仲間だね。

『一緒に行かない？　私、自分で水着買ったことがないからちょっと心配で』

ショッピングのお誘いとみたわたしは、ふたつ返事をした。

『行こう！　是非！』

『高森《たかもり》くんの妹ちゃんも一緒に』

茉菜《まな》ちゃん？　首をかしげながらも、断る理由は何もないので了承した。

三人のメッセージグループを作り、日時を決める。

みんながちょうど空《あ》いていたので、明日のお昼に行くことになった。

そのあと藍《あい》ちゃんを誘ったけど、『私はもうあるので大丈夫です』と断られてしまった。


茉菜ちゃんと待ち合わせは最寄り駅。わたしが向かうと、茉菜ちゃんはすでに着いていた。

「えっ、ちょっと」

頭痛がしたみたいに茉菜ちゃんは辛《つら》そうに目を閉じる。

「あたしもさすがに慣れてきたけど、やっぱ何回見ても衝撃だよ」

「何が？」

「持ってきといてよかったぁ。これに着替えてきて。トイレとかで」

茉菜ちゃんはずいっと持っていた紙袋を突き出してくる。

「姫奈ちゃん、それで浜谷駅《はまや》には行けないから」

浜谷駅っていうのは、この近辺で一番大きな繁華街の最寄り駅。このへんの中高生が買い物やデートをするときは、たいていここが多い。

「そんなに変かな？」

私が首をかしげると、茉菜ちゃんは、悲しそうでいてやるせなさそうな絶妙な表情をする。

「変」

うぐっ……。

グサっと刺さった。

「とっても変」

追い打ちをかけられた。

「シズとの待ち合わせに遅れるから急いでね」と茉菜ちゃんはわたしを急《せ》かした。

そんなハッキリ言うことないじゃん……。とぶつくさトイレで文句を言いながら、わたしは茉菜ちゃんが渡してくれた紙袋の中身と自分の服とを着替える。

茉菜ちゃんが持ってきたのは、ミニ丈のワンピース。おへそあたりに大きなリボンがついている。

ちゃんとこれに合うようなサンダルも準備してくれていたので、それに履《は》き替えトイレを出た。

「やっぱいいじゃん！　あたしってばマジジーニアス」

「でも茉菜ちゃん、これ、パンツ見えない……？　短くない？」

「セクシー可愛い感じがウリのワンピなんだからいいのいいの」

セクシー……。

そっか、わたしも高二なんだからそういうのが似合う年頃《としごろ》なんだ。

ちょっと自信ついたかも。

しーちゃんと待ち合わせの浜谷駅には、着替えの時間があったせいで五分ほど遅刻してしまった。

「ごめんねー。お待たせ」

「え、親方もいんじゃん！」

ほんとだ。篠原《しのはら》さんだ。

やっほーと手を振るとしーちゃんと篠原さんも手を振り返してくれた。

「一緒に行きたいって言うから、いいかなって思って」

としーちゃんは言う。

篠原さんがいると、ちょっと心強くはある。どうしてかはわからないけど。茉菜ちゃんが親方って呼ぶように、精神的な支柱感があるのかも。

なんだか、仲良し四人って感じで楽しい。

挨拶《あいさつ》もそこそこに済ませ、さっそく歩き出す。やってきた商業施設は、諒くんと一度一緒に来たところだった。

「ここの二階なんだけど、コスパよし、モノよしの店があって――」

エスカレーターに乗って、そのお店へとやってくる。

茉菜ちゃんの案内だからギャル系のお店かと思いきやそうではなく、(それっぽい服も置いてあったけど)キレイめだったりカジュアルな服が多かった。

さっそく思い思いの水着を手に取り、「しーちゃんこれどう?」とわたしはハンガーを持って自分に合わせる。

「ふふっ、派手」

「え? そう?」

「姫奈ちゃんって、スクール水着が一番いいんじゃや……」

茉菜ちゃん、よくないよ。だから買いに来てるんだよ。

「伏見さんは、ワンピース系がいいんじゃないかしら」

「ワンピースかぁ、子供っぽくならない？」

カチャカチャ、と茉菜ちゃんがデザインを何着か確認して、その中の一着を見せてくれる。

「こういうのなら、子供っぽくならないよ」

「ほう。ほうほう」

「ひーなが、フクロウになってる」

肩も出てる、背中もがっつり出てる、でも正面からは普通の花柄のワンピースに見える。

「街でも着られそう！」

思わずといった様子で、三人がわたしを見る。

「――ダメだよ、姫奈ちゃん。これ、水着なんだから」

「え。冗談……なんだけど」

わたしがきょとんとしていると、三人が安心したようなため息をついた。

それからは、ああだこうだ、と三人が自分よりも先にわたしのを選んでくれる。

みんな優しい。

わたしと篠原さんがデザインについてあれこれ言っていると、しーちゃんと茉菜ちゃんが何かしゃべっていた。

「妹ちゃん」

「何ー、シズ」

「スタイリスト兼ヘアメイクしない？」

「んむ？」

「映画の。作るって言ってたでしょ。妹ちゃんなら、ぴったりだと思う」

「いいの？　あたしで。クラスの人とかじゃなくて」

わたしと篠原さんが会話を聞いていることに気づいた茉菜ちゃんは、自分を指差しながらこっちを見る。

「いいと思う！」

わたしはぐっと親指を立てた。

「諒くん、そのポストを用意してなかったんだよね。服やメイクはシーンに合っていればそれでオッケーだし、わたしも気にしなかったんだけど」

よくよく考えれば、エンドロールにはヘアメイク、スタイリストっていうのは必ず登場するマストポジションだ。

「いいんじゃないの。妹ちゃん、伏見さんの着せ替えがかなり上手だし、務まると思うわ」

水着を選びながら篠原さんが言った。

「親方がそう言うんならなー、やろっかなー」

「あの、何度も言うけれど、親方って呼ぶのやめてちょうだい」

にししと笑う茉菜ちゃんが、「ごめんごめん、怒んないで」と謝る。

「にーにに訊《き》いてみる。いいならやる」

そういうわけで、茉菜ちゃんが衣装とメイクを監修することになった。諒くんが許可すればだけど、断る理由はないと思う。

「手がかかる人がいるしね。あたしが適任かも」

茉菜ちゃん、何でこっち見てくるんだろう。

それから話は水着に戻り、茉菜ちゃんのオススメを聞いてみたり、店員さんのオススメを聞いてみたりして、悩み抜いた結果、ワンピーススタイプのものを買った。

ビキニかなーなんて思っていたのに、茉菜ちゃんも店員さんも、さりげなく話題をそらした。

「しーちゃんは、どんなの買ったの？」

帰り道、隣にやってきたしーちゃんに尋ねる。

「私は……その、普通の」

「どんなの？」

「ど、どうせ……パーカー上に羽織《はお》るから、気にしないで」

恥ずかしそうだった。なんか可愛い。

「ひーな、妹ちゃんや店員さんの言うことを聞いて正解だと思う」

「そうかな？　どうしてそう思うの？」

「ひーな、おっぱいないから」

「あるよ？」

「上が何かの弾みでズレたり流されたりすると大変。おっぱいないとスカスカだから」

「あるってば！　ちゃんと詰め物するし！」

「歯の治療じゃないんだから」

その返しに、わたしは思わず笑ってしまった。

「なにそれ」

ふふふ、おかしい。

しーちゃんも釣られて笑った。

「私、友達と海に行ってみたかった」

「うん、わたしも。だから海のシーン入れたの？」

「そういうわけじゃないけど、なくはない、かな。高森くんとは、行ったことあるんじゃないの」

「むかーしね、むかーし」

諒くん、覚えてるかな。

駅で篠原さんとしーちゃんと別れ、茉菜ちゃんと最寄りの駅まで帰ってくる。

茉菜ちゃんに服を返さないといけないので、わたしは高森家に寄ることにした。

到着すると茉菜ちゃんが「ただいまー、にーにー！」と二階に聞こえるような大声を出した。

「ああ、はいはい、おかえり。あと、にーにって言うなって何べん言えば……」

ぱすぱす、というスリッパの乾いた音が聞こえると、諒くんがうんざりしたような顔で階段を降りてくる。

「諒くん、やっほ」

「伏見も一緒だったのか」

「茉菜ちゃんにこの服返さないといけないから」

あーぁ……、と何かを察したような声を出す諒くん。

「再テストの勉強進んだ？」

「お陰様で。ま、前回のテストそのまま出るから、いざとなれば暗記っていう力業《ちからわざ》でどうにかなるから」

「数学で、それしても何の意味もないんだけどねー」

「いいんだよ。補習回避が目的なんだから」

ごゆっくりー、と諒くんはリビングのほうへ行ってしまった。

わたしはさっそく家にお邪魔して、二階の茉菜ちゃんの部屋に入る。

ワンピースを脱ぐと、「何でっ⁉」と茉菜ちゃんは驚いていた。

「何でって、何が？」

「何で買った水着着てるの」

「だって……茉菜ちゃんのこの服、パンツ見えちゃうから」

「水着なら恥ずかしくないと？」

「うん」

丈がいつもより短いのを忘れて、ガードしなかったりしちゃうと思うだよね、わたし。

「んもう、見せちゃいなよ☆」

「やだよっ」

予想通りのわたしの反応だったのか、茉菜ちゃんはけらけらと笑う。

紙袋にはじめに着ていた服を入れているので順番に取り出していく。けど――。

「あれ？」

「どしたの、姫奈ちゃん」

「……下着がない」

茉菜ちゃんの目が鋭く光った。

「まさか……今日、ノーパンノーブラで来た？」

「なわけないでしょっ！」

「姫奈ちゃんって修学旅行で浴場とかにパンツ置き去りにしちゃうタイプの人？」

「はっ。心当たりがっ⁉」

「絶対店じゃん！」

わたしはうずくまって赤くなっているだろう顔を手で覆《おお》う。

は、恥ずかしい……！　わたし、お店に忘れてる、絶対……。

「もぉぉぉぉ、茉菜ちゃんがパンツ見えそうなワンピース着せるからぁぁぁぁぁ」

「えー、あたし？　姫奈ちゃんのただの凡ミスでしょー！」

店員さんパニックになってるはず。ノーパンノーブラで帰った人がいるって。

「ま、ま、み、水着万引きしたって思われたらどど、どうしよぉぉぉぉ⁉」

「いつ会計したの……着たまま⁇」

「お会計したあと、みんながまだだったからその間に試着室を借りて……」

おーい、何騒いでんだー？　という諒くんの声が扉の向こうから聞こえる。

「あ、にーに、聞いて！」

「茉菜ちゃんちょっと待って！」

今開けちゃうと、わたし今水着で――。

がちゃっと茉菜ちゃんが扉を開ける。

「さっきから何騒いで――」

諒くんと目が合うと、さぁっと顔が赤くなったのがわかった。

「ば——変なタイミングで開けんなよ！」

諒くんはぱっと目をそらして開いた扉を再び閉めた。

見られた……。海で初披露しようと思っていたとっておきの水着……。サプライズのつもりだったのに……。

「うぅぅぅぅ……もうやだぁ……」

「水着だからいいじゃん！　セーフ！」

「そうじゃないんだよぅ……」

体育座りで小さくなるわたしを見かねて、茉菜ちゃんがお店に電話をしてくれた。

「あるって。忘れ物らしきパンツとブラ」

いや、普通忘れるものじゃないんだけどさ、と言う茉菜ちゃんの口元がゆるんでいる。ちょっと笑っていた。

「万引きしてないって言った？」

「言ってない。レシート持ってけば大丈夫だって」

どの面下げてお店に行けば……。情けないやら恥ずかしいやらで、死んじゃう……。

「姫奈ちゃん。偉い人は言いました」

「うん？」

「ドンマイ」

「うん、ありがとう…………」

「め、目が死んでる……あたしの知らない姫奈ちゃんだ」

また茉菜ちゃんのワンピースを借りて、下には水着を着たままでわたしは店まで戻った。

すみませんを何度言ったかわからないけど、店員さんは優しくて、「持ち主見つかってよかったです」と笑顔で言っていた。

……わたし、ノーパンノーブラでお店を出たって思われてるんだろうな……間違ってはないけど。

わたしは感情の一切《いっさい》を遮断している頭の片隅でそんなことを思った。

⑥ クランクイン

再テストを難なく合格し、無事に夏休みを迎えられることがわかったころには、終業式があと二日と迫っていた。

映画のスタイリスト兼ヘアメイクを茉菜《まな》が担当したいと言い出したので、ふたつ返事でうなずいた。

あいつ、今年受験だけど大丈夫なのか。と思ったけど、茉菜のことだ。成績が悪いって話を聞いたことがないので、たぶん問題ないんだろう。

鳥越《とりごえ》が作ってくれた台本に俺《おれ》が簡単な絵コンテを書いていると、ガラッと前の席の椅子《いす》が引かれ、そいつが俺の机に頬杖《ほおづえ》をついた。

目を上に向けると、そいつは出口《でぐち》だった。

「なんか用？」

「つれないこと言うなよ、たかやーん」

修学旅行をきっかけに仲がよくなったクラスメイトの男子で、俺がまともに友達と呼べる唯一の存在かもしれない。

「オレにもなんか手伝えない？」

「出口は……たしか、モブ役っていう重要な役があっただろ」

「モブって言った時点で重要じゃねえだろ」

矛盾《むじゅん》にすかさずツッコみを入れてくる出口。

出口の役どころは、教室にいるクラスメイトL。ナンバリングはもちろんAからはじまっている。

「そうじゃなくて。撮影。大変なんだろ？」

「大変……かどうかは、まだやってみないことには」

なんとも言えない、と続けようとすると、出口は自分の胸を親指で差した。

「頼れよ。ダチじゃん」

照れくさそうな半笑いの顔に、俺はまた手元の作業に戻った。

「そんなセリフ吐いて恥ずかしくないか出口」

「るせえよ」

おほん、と咳払《せきばら》いをした出口が、真面目《まじめ》な顔をする。

「まあ、建前《たてまえ》は置いといて」

建前だったのかよ。

「オレも撮影手伝いたいんだよ。荷物持ちでも何でもいいから」

「そんなことして楽しいか」

「たかやんばっかり、ズルいだろ。うちのクラスの、てか学校のツートップと楽しいひと夏を過ごそうだなんて」

　それが本音か。

　ツートップってのは、伏見《ふしみ》とヒメジのことだな。

　面子《メンツ》を考えてみれば、俺以外は全員女子。半分は幼馴染《おさななじみ》と妹だから大して気にしてなかったけど、男は他に一人くらいいたほうが俺も気楽でいいのかもしれない。

「じゃあ、俺の拡声器やってくれる？」

「拡声器？」

「本番まで3、2、1って言うアレとかカットとかオッケーとか」

「おいおい、それ監督のメインの仕事じゃねえか⁉」

「ちげえよ」

　監督を何だと思ってんだ。

「俺が言えばいいだけなんだけど、出口って、声デカいほうだろ？　適役かなって思って」

「やるやるやるやる！」

　テンションが上がった出口が顔を寄せてくるので、俺はそれを遮《さえぎ》るように手で掴《つか》み押し返した。

「わかった、わかった。あとで簡単なスケジュールをメッセージで送っておくから」

「オケィ！」

オッケーってことらしい。

修学旅行のあと、出口とはこれといって接点がなかったので、しゃべる機会が激減したけど、また楽しくやれればいいなと俺は思う。

比較的平穏に過ぎていく二日の間、俺は漫画を読んだり映画を観《み》たりして、シーンのイメージを固めていた。

ときどきメモを取り台本に構図のアイディアを書き込んでいった。あの作品のこのシーンみたいに――って感じで。パクりって言われてしまえばそうかもしれないけど、まだまだ勉強中なのでそのへんは大目にみてもらいたい。

午前中で学校が終わり、明日からいよいよ夏休み。

冷房がよく効いた帰りの電車内で、伏見が台本の一ページ目を開いた。

台本全域に、伏見も自分なりのメモを書き込んでいて、先週もらったばかりなのにもうくたくたになっている。

このシーンはどうするか、あのシーンはどう演じるかっていう、演技プランの相談もかなり受けた。

「明日からなんだよね」

「夏休みなのに、また学校に行くなんてな」

「不安だけど、ワクワクする」

同感だ。

ヒメジのおかげで借りられた機材の使い方も大部分を把握したので、当日トラブルがない限りは大丈夫だろう。

「姫奈《ひな》、今日のお昼から、いいですか？」

一緒に帰っているヒメジが伏見に尋ねた。

「うん。もちろん。わたしこそよろしく」

「え、何？」

俺が訊《き》くと、ヒメジがぴしゃりと言う。

「諒《りょう》は知らなくていいことです」

「本読み。セリフを合わせる練習を藍《あい》ちゃんがしたいんだって」

あっさり伏見がバラした。

「言わなくていいことを……」

「いいじゃん。藍ちゃんだって頑張ってるのを、諒くんにも知ってもらおうよ」

さてはヒメジ……テスト前に全然勉強してないって言うくせに、めちゃくちゃ勉強してくるタイプのやつだな？

「もう何回もしてるんだよ」

「へえ」

意外だ。思わずヒメジのほうを見るけど、バラされたことが業腹《ごうはら》だったのか、居所が悪そうな顔で黙ったままそっぽをむいている。

自信家なヒメジのことだから、出たとこ勝負だと思ったけど、ちゃんと練習しているらしい。

「偉いな」

「いいですよ無理に褒めなくて。どうせ下手っぴですから」

ついに拗《す》ねてしまった。

驚かそうと思ったのに、ぼそっとした小声が聞こえる。

主演を懸けたいつかの演技対決は、惨敗も惨敗だったもんな……。プライドに傷がついたんだろう。

発案者の伏見はもちろんそうだし、鳥越にヒメジ。みんなができることを可能な限りしようと力を尽くしているのを感じる。なんとなく撮影するつもりはなかったけど、一層気が引き締まった。

映画を作ることになってからずいぶん経《た》ったけど、ようやく撮影初日を迎える。

旅行用のバッグにはたくさんのメイク道具が詰め込まれ、ガラガラガラ、とうるさいキャリーケースにはこれでもかっていうくらいの衣装が収納されている。衣装っていうか、茉菜の珠玉の私服たちだ。部屋着を二軍と仮定すると、今日持っていく服を茉菜はスタメンレギュラーって言っていた。

「そんなに要る？」

「だってめんどいじゃん。もしも要るってなったら取りに戻るの」

撮影場所である学校まで、幼馴染二人と高森《たかもり》兄妹の四人で向かっているときのことだった。

俺たちは制服だけど、茉菜は私服なので余計に目立つ。

昨日、撮影予定のシーンを教えているから、服はそんなにたくさん要らないんだけどな。学校内のシーンだから全部制服だし。

駅を降りてからしばらくして、学校の校舎が見えはじめた。

くふふ、と茉菜は忍び笑いをもらしている。

「にーにや姫奈ちゃんたちが通ってんだよねー。楽しみ」

「茉菜は受験はどうするんですか？　志望校、決まってるんですか？」

ヒメジが尋ねると、茉菜は首を振った。

「んーん、全然」

「ウチ来なよ、茉菜ちゃん」

伏見が誘うものの、どうしよっかなぁ、と茉菜は明言しなかった。案外気になる学校がもうあるのかもしれない。

校内に入り、きょろきょろする茉菜とともに教室に向かう。

集合時間の一〇分前。

今日参加する人たち、もう来てるかな。

中を覗《のぞ》くと、一〇人ほどのクラスメイトは全員揃《そろ》っていた。鳥越と出口もいる。

教室のシーンというより、廊下を歩いていたり友達役だったりをしてもらうので、今日はこのくらい。授業中のシーンなら俺以外のクラス全員とワカちゃんも参加となる。

「おはよー」と伏見が今日も変わらない笑顔で教室に入っていき、「おはようございます」と誰《だれ》に言うでもなくヒメジが挨拶《あいさつ》して伏見に続く。

まばらに挨拶が返ってきて、俺と茉菜が入ったときにみんながざわついた。

「ギャルだ」

「どこの高校の子」

「可愛《かわい》い……」

急遽《きゅうきょ》決まったので、俺は茉菜のことを紹介した。

「ヘアメイク兼スタイリストとして、妹の茉菜が協力してくれることになりました」

緊張したような顔で、茉菜が頭を下げた。

「お、よ、よろしく、お願いします……」

楽しみーって言っていたさっきの勢いどうした。

俺がシーンの説明を改めてしている間、茉菜と伏見、ヒメジは別室でメイク中。

二人ともあまりメイクに力を入れることは少ないので、各々《おのおの》がなんとなくやるよりは茉菜みたいに詳しいやつが監修したほうがよかったんだろう。

鳥越に目で確認しながら、説明を終えると出口がシュッと挙手した。

「監督ぅ」

「何？」

「クラスメイトLの出番がほしいです」

「モブLは今日出番ないの。台本に書いてなかっただろ」

「モブってわざわざ言い直すなよ」

伏見かヒメジと絡《から》むシーンがほしかったらしいけど、個人個人の要望を聞きはじめたら収集がつかないしなぁ……。

と、俺がなんと言ったもんか、と悩んでいると、鳥越があっさりと口にした。

「撮影の進行の妨げになるから、モブLはもうしゃべらないで」

がっつり釘《くぎ》を刺された。

「私たちも、結構考えて決めてるから……その……ごめんね」

オーケーオーケー、と出口は手をひらひらと振った。

「むしろ、なんかありがとう。鳥越氏のツンとデレを一気に味わえた気がする」

出口、おまえ得な性格してんな。

てか、ああいう提案は俺が蹴《け》らないといけないのに、鳥越に言わせちまった。

ありがとう、鳥越。

人によっちゃ、不満が出るかもしれない。その矛先が鳥越に行かないようにしないと。俺が監督なんだし。

「こうしたらいいんじゃないの？　っていう意見は出てくるかもしれないけど、採用されるとは限らないから」

出遅れたけど、俺からも一言を言っておいた。

ヒロイン二人の様子を見にいくためか、出口が席を立ち教室から出ていくと、廊下から感嘆の声が聞こえた。

「へぇぇぇぇ。すげーじゃん、チャン茉菜」

「でっしょー！　もっと褒めなよ」

茉菜のメイクでどんな仕上がりになったのか、教室にいるみんながこの会話を聞いていただろうところに、扉が開いた。

「主人公の『柴原広乃《しばはらひろの》』役、伏見さん入りまーす」

それっぽい案内を出口がすると、伏見が入ってくる。

「お願いします！」

普段メイクをしてないからか、それともしてるけどしてないように見えるやつだからなのか、茉菜がきちんと施したメイクのおかげで目が大きく見える……ような気がする。

そのせいか、瞳《ひとみ》の輝き具合も増しているように感じた。

けど、表情自体は気合い十分って顔をしている。

「続いて、『秋山絵梨《あきやまえり》』役、姫嶋《ひめじま》さん入ります」

「お願いしまーす」

颯爽《さっそう》とヒメジが中へ入ってくる。こっちも、茉菜の手腕によって輝き？　オーラ？　みたいなのが目に見えそうなくらいの出来栄えだった。

ヒメジはあくまでも自然体。撮影ってもの自体に俺たちよりも慣れているからだろう。

それと、茉菜がたぶんキャラクターの性格を汲《く》んでくれている……と思う。たまたまかもしれないけど、メイクがそれっぽくなっているように感じた。

今ここにいるのは『柴原広乃』と『秋山絵梨』って雰囲気が出ている。

ゆ、優秀かよ茉菜。

あとで褒めてあげよう。

改めてファーストテイクの説明をしているうちに、ふと気づいた。

二人が登場してから、教室に緊張感が漂っている……ような……。

原因は、たぶん、主演のせいだ。どっかの戦闘民族みたいにやる気とか気迫を凝縮させたオーラを放っている。

映画制作の言い出しっぺで、一番演技のことに通じているからだろう。

大黒柱としての責任感が、ひしひしと伝わってくる。

「最初の何回かはNGでいいから、気楽にやっていこう。俺もちゃんと撮るのははじめてだし……だから全然ミスってオッケーだから」

俺がみんなに言うと、伏見がうなずいた。

「うんッ！　そうだね……ッ！」

殺気しまえよ。目ぇバッキバキじゃねえか。誰倒しに行く気なんだよ。

ふふふ、とヒメジが笑う。

「姫奈って撮られるのは、もしかしてはじめてですか？」

「だから何」

「そんなあなたに、この言葉を贈りましょう」

微笑《びしょう》をたたえたまま、ヒメジが伏見の肩をぽん、と叩《たた》いた。

「『力抜けよ、素人《しろうと》』」

こんな状況でマウント取るのはやめろ。

「ヒメジ、ややこしくなるから変なこと言うなって」

「はーい」

そういや、この二人、何しても張り合おうとするんだった。

役柄もそうだし、リアルでも意識し合っているって意味では、そのままのキャスティングだったのかもしれない。

前途は多難。たぶん、予定通りに進まないだろうな……。


終わってみれば、撮影を予定したカット数のうち半分も撮影ができなかった。

伏見とヒメジがことあるごとにぶつかるのも原因だったし、OKだって言ってるのに、伏見がこだわりまくったせいもあるし、あとはモブ役のクラスメイトが噛《か》んだり、出口が余計なアドリブを入れたり、俺の撮影ミスがあったり……。

初日というのもあって、ミスと気合いの空回りが多かった。

ヒメジの演技はというと、伏見と練習していただけあって、前回見たときよりもずいぶん改善されていた。少なくともセリフを棒読みするようなことはなかった。

昼休憩を挟んだものの、疲れも見えてきたこともあり、ロケーションが変わってしまう夕方前に初日を終わらせることにした。

「にーに、あれで間に合うのー?」

リビングで撮影した動画をチェックしていると、エプロンをつけながら茉菜がこちらへやってきた。

「間に……合うかな……」

「不安しかないんだけど」

「そうそう。茉菜のメイク、すごい好評だったみたい」

「ったりまえじゃん」

照れくさそうに笑って、キッチンのほうへ行ってしまった。

ファッション雑誌を熟読している姿を目にするから、もしかすると進路はそっちのほうを考えているのかもしれない。

ヴヴヴ、とテーブルに置いている携帯が振動する。メッセージだろうと放っておいても振動が止《や》まないので見てみると、ヒメジからの電話だった。

「もしもし。どうかした?」

『今日はお疲れ様でした』

「ああ、うん。そっちこそ。練習しただけあって、よくなってたじゃん、演技」

『ほんとですかっ』

「ほんとほんと」

『私の伸びしろを、諒に見せつけてしまったらしいですね』

得意気な顔をしているのが目に浮かぶ。

『それはそうと。前、松田《まつだ》さんにお願いしていたバイトの件で連絡がありました』

「え、マジで」

その場限りの話題っぽかったから見込みはないと思ってた。

『まだ探しているところですか？』

「うん。時間なくて、具体的なことは何も」

『それならよかったです。明日の一三時に事務所に来てほしい、と松田さんが』

「了解。バイトって何するの？」

『仕事の手伝いをしてほしい、とだけ』

仕事の手伝い？

具体的なことはわからないけど、せっかくの話を断るはずもなかった。


「高森です」

ヒメジが前回やっていたように、俺は受付の電話で電話口の女性に名乗った。

「松田さん……社長さんのバイトの件で」

ようやく合点がいったのか、電話口の女性は『ちょっと待っててね』と言って電話を切る。

五分ほど待つと、社長室から松田さんが出てきた。

「諒クン、お待たせ〜」

「よろしくお願いします」

俺、諒クンって呼ばれるのか。

最近じゃ伏見しかそう呼ばないから、松田さんにそう呼ばれると違和感がすごい。

「仕事の手伝いって聞いてますけど」

「そうなのよぅ」

肝心の給料はというと、一日八〇〇〇円だそうだ。

めちゃくちゃもらえるなぁ。

俺に何させる気だ……？

俺が心配に感じていることを察してか、こっちへいらっしゃい、と松田さんに手招きされる。

社長室までついて行くと、さっき用意しましたと言わんばかりの小さな机と椅子とノートパソコンが隅に置いてあった。

閉じられたノートパソコンを開いて起動させる松田さん。

「諒クン、この手のやつは得意？」

「人並み程度ですけど」

「アタシ全然ダメで、事務員さんも自分の仕事で手一杯だし、困ってたところだったのよ」

「はぁ……」

どうやら松田さんは、メールやメッセージで関係者に事務連絡をしてほしいという。

何させられるかと思ったけど、それなら俺にもできそうだ。

「前雇ってたのだけれど、先月で辞めちゃってね。新しい人雇わなくても大丈夫かな～なんて思っていたけど、全然。不便だし、滞りまくりよ」

松田さんは困ったように笑って首を振る。

だから、俺がバイトを探しているって話を聞いて、ピンときたらしい。

届いているメールを確認して、内容を松田さんに伝えて、その意思通りの文言をメールで返信。

これが主な仕事になりそうだ。

アタシはこっちで別のことしてるから、と松田さんは自分の席に着き、ペンと紙を持って、何かを書きはじめた。

指示された通り、俺はメールを開いては松田さんに内容を伝えて、意思を反映してメールを送ることを繰り返した。

「……あれ。やだ、諒クン、ビジネス的なメールって送れる？　ほらぁ、あれでしょう、若い子ってメッセージしか知らないんでしょう？」

「まあそうですね。ビジネス的なアレはからっきしですけど、前任者の人が送っていたそれをコピペして内容を変えてます」

「よくわからない呪文《じゅもん》があったけど、できてるってことよね」

呪文？　コピペのことか⁇

「はい。一度確認してもらえますか？」

メールの相手は明らかに取引先で、失礼のないように気を遣っているけど、正しいかどうかなんてわからない。それっぽい雰囲気のメールを作っているつもりだけど。

前任者がミスってたら、俺も芋づる式にミスってることになる。

俺はパソコンを持って松田さんのところへ行き、画面を見せた。

「ふむ。ふむ……。やだぁ、デキる男じゃない……キュンとしちゃう」

やめて。キュンとしないで。

席に戻り、作業を続けるうちに、私語を挟める程度には慣れてきた。

「ヒメジって、辞める前はそんなに体調悪かったんですか？」

「そうよぉ。これからどうするか、どうしたいのかってことを話し合っていたの。前会ったときはそれどころじゃなかったから」

そんなに悪かったんだろうか。あいつに病弱ってイメージは全然ないけど。

「当時は、精神的にちょっとキツくなっちゃってて。……けど、もうアタシの知ってるアイカちゃんに戻ってるわ。たぶんそれって、諒クンのおかげなのよ、きっと」

「何かした覚えはないですよ」

「それがあの子にはよかったんでしょうよ。マイナーとはいえ結構人気があったから、もったいないって言われたこともあったけど、休ませて正解だったわ」

「そんなに人気だったんですか？」

知らないの？　と松田さんはきょとんとした。

ごそごそ、と机の引き出しを漁《あさ》ると、ＤＶＤらしきディスクを一枚取り出した。『サクライロモメントライブ映像』と書いてあり、開催されたらしい日付もペンで書いてあった。

「これ、あげるわ」

「ありがとうございます」と、差し出してくれたケースに入ったディスクをもらった。

アイドルだったヒメジ。それがこの中に。

この前カラオケで披露してくれたけど、ブランクがあったからか、帰り道では「私の本気のパフォーマンスはあんなものじゃありませんからね」って言っていた。

「何の影響を受けたかわからないけれど、お芝居に興味があるんですって」

「芝居ですか」

「ま、小娘の考えなんてアタシにはミエミエだから全部は言わないけれど、どうしてそう思うようになったのか予想するのは簡単よねぇ」

「オーディションの話ですか？」

「アイカちゃんから聞いた？」

「はい。挑戦するって言って、イイ顔してましたよ」

「そうね。あんな顔ができるようになるまで快復して、本当によかった」

何かを回想しているような松田さんは、宙を見つめている。

どうやらヒメジは、よっぽど心配をかけたようだ。

「――しかないのよねぇ」

ぼそっと言った言葉が聞き取れなくて、俺が松田さんに目をやると、苦笑しながら首を振った。

「誰かに認められるためには、一歩踏み出すしかないのよねぇ。って言ったのよ」

⑦ 海と青い衝動

あれから何度か松田《まつだ》さんのところで手伝いをさせてもらった。時間給ってわけでもないし会社を通しているわけでもなかったようなので、一日終わるたびに松田さんの財布から俺《おれ》の日給が支払われた。

たぶん知り合いってことで特別価格だったんだろう。一三時頃《ごろ》に行き、夜までに終わることが多かった。

そのおかげで、中古のパソコンを早々に手に入れることができた。

「ほしいものでもあるの？」

何度目かの支払いのときに、松田さんは俺に尋ねた。

「パソコンがほしいんです」

「古いのでいいなら、事務室に使ってないのがあるわよ？　それでいいなら持っていってちょうだい」

正直、この提案には揺らいだ。けど断った。スペックがどうとか、あまり詳しくない俺にはわからないけど、自分で自分のパソコンを買うためにバイトをはじめたから。

「若いのに、偉いのね」

それを聞いた松田さんは感心していた。

買ったパソコンは、難易度の高いオモチャのように感じられた。

ぼちぼち進んでいる撮影データを取り込み、買いそろえた動画編集用ソフトでデータをいじっていく。

音楽は、バンドをやっていたりピアノをやっていたりするクラスメイトに四曲ほどお願いをしている。編集で後づけできるので、夏休みが終わるころに受け取れれば上々だろう。

はじめはフリー素材の曲を使うつもりだったけど、伏見《ふしみ》がそれを嫌がった。チープに感じるのと、クラスにできそうな人がいるからやってもらいたい、と。

後者が理由の大部分だったんだろう。

クラスメイトの趣味や特性を知っている伏見だからこその考えだった。

エキストラやちょい役などの演者側や細かい撮影の手伝い、音楽、さまざまなことにクラスメイトがかかわっている。完成はまだまだ先だけど、この時点で全員が係わっていた。

「あ、まだやってるー」

机のディスプレイとにらめっこしていると、いつの間にか茉菜《まな》が部屋の扉を開けていた。

「なんか用？」

「にーに、明日朝早いんだよ。前みたいに寝過ごしたら大変じゃん。起きなかったら死ぬほどビンタするからね」

画面の中にある時計を見ると、もう夜の一二時を回っている。

「もうこんな時間か」

明日、海に行くので早起きしないといけないのを今さら思い出した。

「そばの海でいいんだけどな」

そのつもりだったけど、撮影班……主に伏見と鳥越《とりごえ》が強く拒否した。

『せっかくなんだから、遠くのほうに行こうよ』

こういうのに関心がなさそうな鳥越も伏見の意見に賛成だった。

わざわざ遠くに行く必要ある？　と俺は内心首をかしげていたけど、出口《でぐち》や茉菜も賛成したので少数派は流される形となった。

「茉菜こそ、こんな時間まで何してたの」

「おべんと、作ってたに決まってんじゃん」

弁当、要る⁇

「海の近くに、コンビニとかあるだろ。海の家とかでも食べれるんじゃ」

「朝早いんだから着くまでにお腹《なか》すくでしょ！　に一にの！」

俺の心配かよ。

「ちゃんと電車で食べれる系のやつね」

そんなことは心配してねえ。

重箱でも持っていく気だったのかよ。

「一応みんなの分も、って思ってたら量多くなっちゃって」

明日のメンバーは高森《たかもり》兄妹に幼馴染《おさななじみ》二人、鳥越、篠原《しのはら》、出口、この七人。

ちょい役は篠原と出口に任せることになったので、他にエキストラはいなかった。

そりゃその人数分を作ってれば遅くなるよ。

そんなにカット数も多くないから、午前中にはじめれば遅くとも昼までには終わる予定だ。

「放っておいたら、にーに朝までやってそうだから、あたしが寝かしつけてあげる」

「いや、いいよ。寝る、寝るから」

妹に何でそんなことされなくちゃならないんだ。

年の離れた弟か、俺は。

茉菜が寝るまで出ようとしないので、俺はデータを保存しパソコンをシャットダウンさせ、ベッドに入った。

寝ぼけたボヤっとした声で、俺は茉菜に苦情を言った。

「おい、茉菜……漫画みてえに頬《ほお》に手のあとついてんじゃねえか……」

「にーにが全然起きないからじゃん」

エロいことをしようとして拒否された男みたいで、めっちゃ恥ずいんですけど。

朝。茉菜は宣言通り俺をビンタで起こしてくれた。

世話を焼いてくれるいい妹だ……手形がついてなけりゃだけど。

「五時なんて、人間の起きる時間じゃねえ……」

まだ脳は三割も起きてない。急《せ》かされるまま着替えて歯磨きをして、ようやく自分の顔に起きた惨状に気づいた。

これで今日一日やっていくの？　罰ゲームだろ、これ。

俺がボヤいていると、多少罪悪感があったのか「ファンデで隠したげるから」とぽふぽふ、と頬の手形を消してくれた。

さすがヘアメイク担当。はっきりくっきりあった手形が、そうと知らなければわからないレベルにまで消えた。

そうこうしているうちに、伏見とヒメジがやってきて、準備を整えて俺たちは家を出た。

何度か乗り換えをする必要があるほど、遠くの海へ行く。

駅までの道中、伏見とヒメジの荷物がやけに多いことに気づいた。

「何でそんなに多いの？」

麦わら帽子を鞄《かばん》にしたようなバッグを広げて、伏見が中を見せてくれた。

「レジャーシートでしょ、ビーチボールでしょ、ゴーグルに浮き輪に――」

遊ぶ気ですね、伏見さん。

今日の服装は、思いのほか普通だった。Tシャツにショートパンツにサンダル。うん、普通だ。伏見、成長したのか……？

なんて不思議に思っていると、茉菜が小声で「あたしが指定したの。朝イチで衝撃映像見たくなかったから」と言った。

茉菜は手際いいな、ほんと。

「姫奈《ひな》……そんなものを持ってきてるんですか」

と、俺の声を代弁したヒメジは呆《あき》れたように息をつく。

「忘れていませんか？」

「何を？」

伏見が首をかしげた。

「浮き輪やビーチボールを膨らませるポンプです」

「あっ。忘れてるー！」

息を吹き込んでもいいけど、あれしんどいんだよな、たしか。

慌てる伏見を、まあ待て、と言いたげにヒメジは手で制する。

「大丈夫です、私がちゃんと持ってきてます」

おまえも遊ぶ気だったんじゃねえか。

茉菜は弁当の他にメイク道具や必要になりそうな衣装をいくつか。俺は撮影道具一式。

「……姫奈ちゃん、今日は着てきてないよね？　下に」

「え？　着てるよ？」

伏見がTシャツをぺろっとめくると、水着らしきものが見えた。

「はぁ～。三国一《さんごくいち》の美少女と呼び声高い姫奈ちゃんが……なんて無粋な……」

三国ってどこのことだよ。

「小学生みたいで可愛《かわい》いですね」

褒めている体でヒメジが軽くディスった。

「い、いいでしょ。更衣室、知らない人がいっぱいいるだろうし、嫌なの」

「そのボディなら、見られるのも嫌にもなりますよね」

「藍《あい》ちゃん、そのスカートめくるよ。諒《りょう》くんの前で。ぶわっさぁって」

「それこそ小学生みたいです」

朝からさっそく小競り合いがはじまった。

「突っかかるなよ、ヒメジ」

と俺は喧嘩《けんか》を売ったヒメジを窘《たしな》める。

駅に到着しやってきた電車に乗った俺たちは、他の三人と合流予定の駅を目指した。

「朝早すぎて死ぬかと思ったわ」

麦わら帽子を被《かぶ》り、サングラスをかけた男は言う。手には茉菜が作ったおにぎり。ラップを剝《む》いて、むしゃむしゃと食べていた。

「同感だけど」

俺と伏見、ヒメジと茉菜の四人は、途中の駅で鳥越、篠原、出口の三人と合流し、閑散《かんさん》とする電車内の通路のあっちとこっちのボックス席に座っていた。

「出口、その格好は」

無地のハーフパンツに足にはビーチサンダルをつっかけている。下半身の装いは、まあわかる。

「何って、海行くときゃこれで決まりだろう」

決まっていたらしい。

サングラスのイキり具合がちょっと見てられない。気合い入れすぎというかなんというか……。

ファッション警察の茉菜も、これにはスルー。ただ単に興味がないだけかもしれないけど。

これでモブ役をされると気が散るので、あとで茉菜に相談して着替えさせよう。無個性な俺の着替えを一応持ってきているようだし。

「今日もチャン茉菜の飯はうめえな」

それにも同感だ。数種類のおにぎり、それに合いそうなおかずをいくつか作ってきてくれている。

みんないくつかを手に取り食べたので、もう弁当は空だった。

「マナマナ、相変わらず上手だよね」

と、鳥越が言う。鳥越と篠原はこっちのボックス席。あっちはヒメジ、伏見、茉菜の三人。

「「マナマナ？」」

俺と出口の声が被った。

「そう呼んでっていうから」

茉菜は鳥越をシズって呼んでるし、そのへんの抵抗感っていうのもなくなったのかもしれない。茉菜にはそのへんのハードルはないだろうし。

「はぁ……緊張してきたわ」

悩ましげなため息をついた篠原の顔が青い。

「ヒメ様と共演してしまうなんて」

「御大層に思ってるのは篠原だけだから、気にすんなよ、そんなに」

「御大層に思わないあなたがおかしいのよ」

半目で篠原は俺に苦言を寄こす。急に矛先こっちに向けんなよ。

「ほんのちょっと会話するだけだから、そんなに構えなくていいよ」

激推しだったアイドルの『アイカ』と絡《から》む――それが映像として残る。胸いっぱいで死ぬかもしれないわ、ってこのシーンのモブに決まったとき篠原は言っていた。

「あぁ、憎たらしい……伏見さんだけならまだしも、ヒメ様とも幼馴染だったなんて」

ハンカチがあれば噛《か》み出しそうな篠原だった。

「私はどうなってもいいから、ヒメ様だけでも幸せになってほしいわ……」

俺と篠原とじゃ、ヒメジに対する温度差があり過ぎて、すげー困る。何か言うとすぐ噛みついてくるし。まったく面倒くさいファンだった。

隣のボックス席は、窓の外を見て伏見ははしゃぎ、ヒメジが窘《たしな》め、茉菜が何かを見つけ、他二人が何か言う、ということをずーっと繰り返している。

茉菜が間にいると、そこまで激しく張り合ったりしないようだった。


「海だー！　海、海！　にーに、海、海！」

「わかってる、見えてるから」

駆けだした茉菜が階段を降りていき、砂浜をサクサクと走る。

「うーーみーーーー！」

伏見も茉菜のあとを追いかけた。

予定した駅に到着してからしばらく歩いた俺たちは、ようやく砂浜へとやってきた。

場所は伏見と鳥越に任せていたので、俺は口を挟まなかったけど、ずいぶん辺鄙《へんぴ》なところだ。

道路沿いのトイレの脇《わき》には、古い自販機がふたつ並んでいた。

近辺にコンビニはなく、海の家は今シーズンの営業をしないのか、ブルーシートがかけられている。

更衣室がないけど……見えなかったらいい、のか？

まだ早朝なので、人もほとんどいなかった。

人でごった返すより撮影しやすいのは助かるけど、何でここなんだろう。

さっそく伏見が陣地を作っていた。レジャーシートを敷き、風で飛ばされないようにサンダルとバッグを隅に置いている。

「藍ちゃん、空気入れるやつ、早くー！」

「はーい、今行きますー」

遊ぶ気満々だった。

「いやぁ、いいですなぁ……はしゃぐ美少女、海、太陽……」

どこに忍ばせていたのか、出口は広げた扇子《せんす》でぱたぱたと仰《あお》いでいた。

「たかやん、すぐにわかるぞ」

「何が」

「オレがどうしてグラサンしてるのか」

「ともかく一旦《いったん》出口は着替えさせるからな。俺の無個性オブ無個性ファッションに」

「えぇっ、マジかよ。オレこれ衣装のつもりだったのにぃ」

だから気合い入ってたのか。

「画角に入れたらうるさくなるんだよ、その服は」

出口がむふっと変な笑い方をする。

「ガカクですって、美南《みなみ》ちゃん」

「監督風吹かすようになったじゃない」

「監督だからな、一応」

俺もそれなりに勉強してんだよ。

サンダルを脱いだ鳥越が、砂浜を踏む。

「あっ、気持ちいい……」

俺もやってみると、鳥越が言っていたようにたしかに気持ちがいい。砂浜の一粒一粒が足の裏を優しく刺激している。

伏見とヒメジはビーチボールや浮き輪をさっそく膨らまそうとしていた。

「主演！　撮影！　そっち先！」

俺が言うと、シャキン、と伏見に女優スイッチが入った。

「そう……、私が、主演……」

物憂げな表情を作って見せるけど、すぐ隣のヒメジへのドヤ感が見え隠れしている。

「さっさと撮ってきてください。その間、私が準備しておきますから」

「あっ、うん、ありがとう、藍ちゃん！」

その主演のメイクアップさせるへアメイク兼スタイリストは、波打ち際で「うきゃー、濡《ぬ》れたぁぁぁ！　きゃっきゃっきゃ」と、大はしゃぎで波と戯れていた。

ダメだこれ。二の次……。撮影、完全に二の次だ。

「やることを先にやろう。遊ぶとそっちのほうがあとあと面倒だから」

パン、パン、と手を叩《たた》いてみんなを促す。とくに茉菜。あいつが伏見の準備をしないと撮影ができない。

「あーい」と適当な返事をする茉菜は、レジャーシートのほうへ戻っていった。

「吹かせるね。監督風」

隣にいる鳥越が、海を見つめながら静かに言った。

「まあな。言わないと終わらなさそうだし」

「出口くんやみーちゃんみたいに茶化《ちゃか》すつもりはなくて。その、いいと思うよ」

「……そりゃ、どうも」

「高森くんは、もっとゆるくやるんだと思ってた」

準備ができそうな場所を探している伏見と茉菜が、使っていない海の家のデッキに上がり、ブルーシートをめくってその裏へ消えた。

「更衣室ないから、ちょうどいいかもな」

え？　と見てなかった鳥越に、俺は海の家を指差して説明をして、話題を戻した。

「ゆるくなるのかなって俺も思ったけど、頑張る人がいたから、その影響」

「ひーなのこと？」

「鳥越もだよ」

俺と打ち合わせを繰り返し、慣れないなりにどうにか台本を仕上げた。その過程を、俺は一から見てきている。

「高森くんに影響与えたんだ、私」

「そうだな」

サンダルを手に持ったまま、裸足《はだし》で砂浜を歩く鳥越が、風で煽《あお》られる髪を押さえて首だけでこっちを振り返った。

「ねえ。撮影終わってからも撮ってよ」

「何を？」

「私たちの夏。もうこのメンバーでこうして海に来るなんて、たぶんないよ」

またこの面子《メンツ》で来よう、とは決して言わなかった。

たとえ本音だったとしても、言葉として耳にしてしまえば、この瞬間がありふれた何かになってしまう——そんな気がした。鳥越もそう思ったのかもしれない。

「またこの面子で来ようね」と言われれば、俺は「そうだな」ってお決まりの返答をしただろうから。

どちらかといえばネガティブな発言だけど、俺にはすごく鳥越らしい言葉に聞こえた。

「三脚でさ、固定して。高森くんも中に入るんだよ」

「俺も？」

「少なくとも私の高二の夏には、高森くんが入っている。だから一緒に映るんだよ」

俺は鳥越に並んでレジャーシートのほうへ歩き出した。

「熱いもん持ってるんだな、サイレントビューティも」

「……今、バカにしたでしょ」

「してねえよ」

「嘘《うそ》」

両手を挙げて降参のポーズをする俺に、鳥越は砂を蹴《け》った。

この地域の人は、みんな海には行かずプールに行くんだろうか。ってくらい、誰《だれ》も来ない。

午前中だからかもしれないけど、それにしてもこのガラガラ具合はないだろう。

そりゃ、繁忙期真っただ中になるはずの海の家も営業しないわけだ。

伏見の撮影準備が整ったので、撮影をはじめていった。

ディスプレイに映し出される『柴原広乃《しばはらひろの》』を凝視する。

よっぽど気合いを入れてきたのか、伏見の演技が俺の想定を下回ることはこれまで一度もなかった。

「よし」

俺はそう言って、録画を止める。

「オッケー！　らしいよ、伏見さん」

拡声器役の出口がそれを伏見に伝える。

ふっ、と表情が変わり、伏見に戻った。

「わたしも確認していい？」

「いや、オッケーだから」

「それを見たいって言ってるの」

この映画を撮りはじめてからの伏見は、やる気満点なのはもちろんいいことだけど、正直言うと、それに周りがついていけてない雰囲気があった。

「こだわるのはいいことだけど、自己満じゃないの？」

同じカットで俺がオッケーを出して、さっきので三回目。

「むぅっ。違うし」

俺かヒメジか鳥越が言わないと、この幼馴染は納得いかないからと、こうしてずーっとセルフ没を繰り返すのだ。

最初のオッケーシーン、二度目、三度目、と一〇秒ほどのカットを出口、鳥越、伏見、俺で見返す。

「出口、なんか違いわかる?」

振られた出口は、ちらりと伏見のほうを見て、わけ知り顔をする。

「まあ、オレくらいになればな」

こいつ、伏見の顔色見てそっち側に味方しやがった。

「ほらー」と伏見は我が意を得たり、と加勢を喜んだ。

明らかに伏見のご機嫌伺《うかが》いの点数稼ぎなんだけどなぁ……。

「高森くんが、三回オッケー出してるでしょ」

確認するように、鳥越が言う。

「ひーなの中で、何か明確に変えたっていう部分はあるの?」

「あるよ。目の動きとか、口の角度とか」

「あっても、画としてわからないなら、一緒でしょ」

ぐっ、と伏見が押し黙る。鳥越らしいど直球な意見だった。

「客観的に見れば誤差だから高森くんはオッケーずっと出してるんだよ」

「誤差じゃないから」

「主観的にはね」

ビシッ、と何かがヒビ割れたような音が聞こえた。

「全体の流れを細かく理解しているのは、高森くんなんだから。ひーな、初日からワンマン過ぎるよ」

「そんなことないもん」

「重要なところはもっとあるんだから、そっちに力を入れてほしいかな」

ぐぐぐ、と伏見の閉じられた唇の端がどんどん下がっていく。

「藍ちゃん準備完了ー！」

茉菜の明るい声とともに、ブルーシートが払われ奥から衣装のヒメジが出てくる。

……タイミング的にちょうどいい。今のうちに話題を変えよう。

「このカットは後回しにして、伏見は一旦休憩しよう。ロケーションが変わらないならあとでも大丈夫だから」

伏見の目と眉《まゆ》に力が入っているのがわかる。無言で小さくうなずいて、背を向けてレジャーシートのほうへ歩き出した。

鳥越が小さくため息をつくと、衝突した二人に出口が目線を往復させた。

「い、今の、オレが悪い……？　適当に味方したから……？」

「今に限ればそうかもだけど、ずっと燻《くすぶ》ってた問題だからあんま気にすんな」

そう俺がまとめてこの話を終わらせようとしたら、鳥越は思いのほかヒートアップした様子だった。

「ひーなはあれで、我《が》が強い唯我独尊《ゆいがどくそん》プリンセスだから、甘い顔を見せるとどんどん甘えてくるよ」

鳥越の矛先が、今度は俺に向いた。

「甘やかしてるつもりはねえよ」

「……ごめん。なんだか私、色んなものに噛みつこうとしてる」

しかし、篠原はどこまで行ったんだ？　飲み物を買いにいくって言ってたけど。

「みーちゃんが呼んでるから、行ってくるね」

連絡があったのか、鳥越は携帯を見ると現場から離れていった。


ヒメジ単独のシーンはそれほどないため、二〇分ほどで片付いた。

篠原が買い、鳥越と一緒に運んできたジュースを口にしながら、ヒメジは動画のチェックをする俺にこそっと訊《き》いた。

「空気悪かったみたいですけど、姫奈ですか？」

「ちょっとぶつかっただけだ」

察したヒメジは、「これだから素人《しろうと》は」とマウントを取ることを忘れない。

「チームで動いているんですから、ワンマンは嫌われますし、弾《はじ》かれるだけです」

さすが、グループで歌って踊って活動してきた元アイドル様は言うことが違う。

「私の演技、どうでしたか？　初日から数えて今日で六日目の撮影になりますけど」

「伏見と比べれば差が出るけど、いいと思う」

「そうですか、そうですか」

その言葉を待っていたかのように、ヒメジは満足げにうなずく。

ミュージカルのオーディションを受けるって言っていたあれって、この映画の件があったから芝居に興味を持つようになったんじゃないだろうか。

「次、モブ子と『秋山絵梨《あきやまえり》』の絡むシーンな」

和《なご》やかだった篠原の表情が、ギギギと固くなった。

「篠原、大丈夫だって。恥ずいとか考えるな。おまえはモブ子。中二病気取るより全然マシだから」

「ちょっと！」

ギロンと俺を睨《にら》んだ篠原は、サクサクサク、と早歩きでこっちにやってくる。

「ヒメ様の前で次それ言ったら埋めるわよ」

怖ぇ……。

伏見はというと、作った砂山のてっぺんに枝を刺して、一人で崩す遊びをしている。

俺もやったことがあった。

順番に砂山を崩していって、最後に枝を倒した人が負けのゲームだ。

一人でやって面白《おもしろ》いか？　何人かでやるやつだろ、それ。

俺をひと睨みしたおかげか、緊張がほぐれたらしい篠原がクランクイン。

録画をしないままカメラを回し簡単なリハーサルを行う。画角と絵面をチェックし、本番をはじめる。

結果から言うと、慣れないぎこちなさはあったものの、自然な範囲で収まる演技だった。

「みーちゃん、いいね」

「うん。篠原、イケるな」

オッケーを出したあと、鳥越がそう言うので同意した。

中二病やってただけはある。なりきるってことに、あまり抵抗がないのかもしれない。

迂闊《うかつ》にそのワードを言うと埋められるらしいので、黙って褒めておこう。

「美南ちゃん、優秀だってウチのカントクが言ってる」

拡声器出口が、余計なことまで伝える。

うん、とヒメジもうなずいた。

「私も人のことを言えた義理ではないですが、美南さん、とてもよかったと思います」

「ひ、ヒメ様に褒められた……！　あ――ありがたき幸せ……！」

それやめろって。若干ヒメジがひいてるじゃねえか。

さて、あとは伏見単独のシーンとヒメジとのやりとりがあるシーンだ。

休憩したからさっきと気分も変わったかな……？

レジャーシートのほうを見ると、手持無沙汰《てもちぶさた》だった茉菜とさっきの砂山崩しをしてきゃっきゃと声を上げて盛り上がっている。

俺はほっと胸を撫《な》でおろした。


俺も言うべきことはビシッと言おう。そう胸に秘めて伏見のシーンの撮影をはじめた。

友達同士の二人、柴原広乃と秋山絵梨が同じ人を好きになっていることを、お互い薄々感じている、そしてそれが徐々に確信に変わる、という流れのカットを撮影していった。

鳥越の言葉がよっぽど響いたのか、伏見はオッケーを出したシーンの確認はしなくなった。

「先にピンときたのは広乃ちゃんかな？」

ディスプレイの向こうにいる伏見が質問を投げかけてくる。

どっちにしてもシナリオ上は問題ないから、このへんははっきりと決めてなかったな。

「どっちだと思う?」

俺は撮影を見守っている鳥越に訊くと、小さく唸《うな》ったあと、逆に訊き返した。

「ひーなは、どっちだと思う?」

「広乃ちゃんよりは、絵梨ちゃんかなぁ、キャラクター的に」

「ヒメジ、そういう感じ出せる?」

折りたたみ式の椅子《いす》に腰かけるヒメジが、髪の毛を払い立ち上がった。

「誰に言っているんですか。当然です」

ちょっと前まで大根ぶりをさらしていたのに、すげー自信だな。

シーンの細かいプランがまとまり、出口がヒメジの椅子を片付ける。

伏見とヒメジの表情が引き締まったものに変わった。

一回リハーサルしておこうか。

そう思っていると、後ろから篠原の声がした。

「手探りね」

「誰も作ったことがないんだから、多少は行き当たりばったりになるよ」

「ううん。ごめんなさい。貶《けな》したんじゃなくて、褒めたのよ」

「ええ。ただ、楽しそうだなって思って。私のほうは、クラス一丸で何かをするってわけではないようだし」

そうかな。

鳥越と伏見はぶつかるし、ヒメジはマウントを取るし、伏見はヒメジに演技指導してマウントを取り返そうとするし。俺も手ブレ軽減機能のあるカメラでめちゃくちゃ手ブレさせちまうし。

「褒めた？」

どうにか進んでいるけど、上手《うま》くいっている感じはまるでなかった。

「私も、大人しくタカリョーと同じ学校にすればよかった」

「頭いいやつは頭いい学校行けよ」

「ごめんなさい、頭がよくて」

上から目線で謝られてもな。

「このへんって、何もないけど、お昼どうすんの？」

出口が素朴な疑問を口にした。

海の家とかで何かを食べるつもりだったから、茉菜も昼飯までは用意してない。

その肝心な海の家は、ブルーシートで閉鎖中。

「さすがにやってないなんて思ってなくて……」

ここを選んだ一人である鳥越が、申し訳なさそうに言う。

飲食店も、駅から歩いた感じでは見当たらなかった。

「オレ、探してきていい？」

「じゃあ、茉菜と出口と篠原、お願いできる？　ちょうど手空《す》いてるだろ」

おっけー、と茉菜。

「親方とデグーとあたし、明らかに今暇だしね」

「だから茉菜ちゃん。親方って呼ぶのをやめてってあれほど――」

「え、美南ちゃん、何で親方って呼ばれてるの？」

「んっとね」

「説明しなくていいわよ」

あれこれ話しながら三人は砂浜から出ていった。

「鳥越、何でここだったの？　撮影しやすさは抜群だけど」

「……だって……恥ずかしいから……」

「何が」

「すぐそこだと……知り合いが、海にいるかもしれないから」

「そりゃ、最寄りの海だから、いるかもな」

「『プライベートめっちゃはしゃいでるじゃん、あいつｗｗｗ　学校とキャラ違うｗｗｗ』

——って思われるのがすごく恥ずかしい……。あと中学の知り合いとかに見られたら、『高校デビューしてるじゃんｗｗ』っていないところで絶対言われるから」

鳥越、おまえ高校デビュー、なのか……？　デビューしてるのか、それ……？

あと、今も学校内でも、鳥越のキャラは全然ブレてないぞ。安心してくれ。

「と、ともかく、草が生えるような会話がいないところで繰り広げられるから、近くは嫌だった」

まだ知り合いを見かけてもないのに、予想というか妄想がすごい。

けどこんな状態だったとは、と鳥越は後悔しているようだった。

「諒くーん、いいよー！」

口元に手をあてて、波音に負けないくらいの大声で伏見が呼んだ。

「じゃあ、はじめようか——」

いくつかNGを出しつつも、撮影は比較的順調に進んでくれた。

たぶん伏見チェックがなくなったからだろう。何も言わなくなったのは、俺に全幅の信頼を寄せているからってわけじゃなく、ただ単に確認したいのを我慢しているだけらしい。

グループチャットに、茉菜から『スーパーとホームセンターはっけーん』と報告が入っていた。これが一〇分ほど前。地図で探してそこまでわざわざ出向いたんだろう。

食べ物や飲み物を買うにしても、七人分は結構な量になる。出口を同行させておいてよかった。

「静香《しずか》さん、次のシーンのここなんですけど――」

「うん」

レジャーシートの上で、ヒメジが台本を手に持ち鳥越へ質問をしている。

やっぱ、本気なんだな。

そうでなくちゃ困るんだけど、オーディションの話……挑戦するって喫茶店《きっさてん》でヒメジは言っていた。

真剣なヒメジの横顔には、何かを得ようとする貪欲《どんよく》さみたいなものを感じた。

「俺も……」

「何ですか、諒？」

「高森くん、気になったところあった？」

何でもない、と俺は首を振った。

何だか、誰かの影響ばっか受けてるな、俺。

芯《しん》がないみたいで、上手く言えないけど自分にがっかりするというか、なんというか。

機材に砂が入らないように丁寧にしまっておく。

そういや、伏見どこ行ったんだ？

ヒメジがあの手の話をしていれば、参加しそうなものなのに。

茉菜たちが帰ってくるまで、散策ついでに伏見を探そう。

「出口のビーサン、正解だな……」

俺もサンダルだけど、砂浜に適しているわけじゃないから、少し歩きにくさがあった。

決して広くはない砂浜には、いまだに何かをしゃべっている鳥越とヒメジ。あとは誰もいない。

「この地域の夏って、今でいいんだよな？」

ここに決めたもう一人に、あとで理由を訊いてみよう。

砂浜の端にやってくると、そこからは岩場になっている。フジツボが岩肌にくっつき、波打ち際では海藻が波の上をたゆたっている。

「おーい、伏見ー？」

こっちでいいのか？　と首をひねりながら、岩に足をかけ奥へと進む。湾曲している外壁に沿って岩場を歩くと、テトラポッドがいくつも沈めてある一角が目に入った。

「――あれ？　ここ、来たことある？」

この光景に、既視感を覚えた。

探検してたら、あのテトラポッド群を見つけて――。

俺はいつかの俺たちを辿《たど》るようにテトラポッドのほうへ歩を進めた。

よじ登ったテトラポッドのてっぺんは、結構な高さと風がある。

鼻先には濃い潮の香りがしている。吹きつける潮風がべったりと肌にはりつく感触があった。

波間に聞き慣れた大声が聞こえる。

「りょーくんのアホぉーーーーっ！」

俺が来たほうから見て反対側にいた伏見が海に向かって叫んでいた。

「わたしの味方ちょっとくらいしてよぉぉーーーーっ！」

ふしー、ふしー、と興奮気味に肩で息をする伏見に、俺は後ろから声をかけた。

「おい、何してんだ、こんなところで」

「うひゃっ」

驚いたのか伏見はぴくん、と肩をすくめた。

「りょ、諒くん。いるならいるって言ってよ」

「今来たんだよ」

俺は足場を確認しながら、ゆっくりと伏見がいるほうへ下りていく。

叫んでいたことはちょっと気になるけど、それよりも、まず答え合わせだ。

「ここって、来たことある……よな？」

意外そうに伏見が目を瞬かせた。

「覚えてるの？」

「やっぱそうか。ちょうどここらへんで、伏見が足を踏み外して海に落ちたのを覚えてる」

「……変なことばっかり覚えてるー」

むう、と伏見が唇を尖《とが》らせた。

「腰くらいまでしかないのに、溺《おぼ》れるー！　ってテンパって海の中で大暴《あば》れしてて……」

「い、いいでしょ！　びっくりしてたんだから！」

テトラポッドに座ると、太陽の光を吸収したコンクリートの熱さがズボンを貫いてくる。お世辞にもこのゴツゴツしている座り心地はいいとは言えない。

「小一、二のときだっけ」

「そう。そうだよ、諒くん！」

記憶喪失の友人が大切なことを思い出したかのようなリアクションだった。

それくらい、嬉《うれ》しかったんだろう。

「ヒメジはいなかったよな、たしか」

「うん。藍ちゃんは、夏風邪で来られなかったんだよ。小二の子供会でわざわざこっちまで」

地域の子供たちを集めたイベントが年に何度かあった。花見をしたり海に行ったりクリスマスパーティをしたり。今もやっているかどうかはわからないけど、俺たち兄妹と伏見とヒメジは、参加率が高かった。

衣装を汚さないようにするためか、伏見は座らずにしゃがむだけだった。

「もしかして、この海岸を選んだのって」

こくっと伏見はうなずくと、じいっと海を見つめたまま、小声で言った。

「思い出してくれるかなって、思って」

にへへ、と笑って「嬉しいなぁ」と続けた。

「諒くんは、わたしを捜しにきてくれたんだね」

「まあ、そうかな」

「どうして？」

「どうしてって……」

姿が見えないなら、気になるのは当然だろう。

上手く言えないでいると、恥ずかしそうに伏見が訊いてきた。

「……えっちなこと、するため？」

「はぁっ⁉」

な、何言い出すんだ、こいつ。

「そんなわけねえだろ」

「でもでも、よ、よ、よくあるじゃん、こういうの！」

「ねえよ」

何を参考にしてそんな発想になったんだよ。

「だって、だって、観た映画であったから！」

「なんちゅー映画見てんだ、おまえは」

「グループで来てたのに、こっそり二人きりになった男女が、抱き合って盛り上がってベロチューして……」

「それ以上は言うなって、もう」

R指定のやつだろそれ。映画っていうか、動画っていうか……。見ていいのか？

「でも、その二人は次の日、死体となって発見されました」

「思ってたやつと違った」

スプラッターホラーのテンプレだった。そういう意味では、よくある状況って言えるのか？

「でも、べ、別にしてほしいわけじゃないからね！」

もし伏見がツンデレだとすれば……。

これ以上深く考えるのはやめよう。どう考えても誤解させないように、手を突き出して振っているし。

「でも、えっちなことって、どこからがそうなの？」

「訊くなよ、俺に」

「キスは？」

改めて訊かれると難しいな。

「グレーゾーンかな……」

いきなり伏見が俺の頬に手を添えて、くいっと顔を横に向けさせた。

視線の先には、真っ直《ます》ぐ見つめてくる伏見がいる。

「見つめ合うのは？」

「セーフ……」

肩が触れるかどうかの距離だと、かなり近く感じる。

普段顔を正面からちゃんと見ないせいか、知っている伏見の顔なのに、少し新鮮だった。

「わたしは、キスはセーフだと思ってる」

上目遣《うわめづか》いだったけど、伏見の顎《あご》が少し上を向く。ちろりと唇を湿らせて、首がゆっくりと傾いていった。

抗議をするようにムーッと携帯が振動をした。

ポケットに手をやって確認しようとすると、伏見が乗り出すような形になり、俺の手を摑《つか》んだ。

「今は、他のことを考えないで……」

吐息のような声だった。

間近に迫った至近距離で目が合うと、伏見が顔を伏せる。そしてあぐらをかいている俺の上に横向きのまま座り、胸に顔を埋めた。

「背中、さすって」

伏見の耳が赤い。

要望に応《こた》えて俺は背中をゆっくりと撫でた。

……薄着だから、背中の中心あたりにブラジャーの感触がある。けどなるべく考えないようにした。

「諒くん……ゴールデンウイークのときは、不意打ちみたいなことしちゃったけど……」

「うん？」

伏見が何かを訴えるように俺のTシャツの裾《すそ》をきゅっと握った。

「ちゃんと、キス、しませんか……？」

耳の中でさっきからずっと大きく鳴っている鼓動が、一層強く響きだした。口の中は変に乾くし、伏見が俺の胸に顔を埋めているから、髪の毛のいいにおいが鼻先に漂っている。

俺の手の甲に、温かくて柔らかい何かが触れる。ちらりと目をやると、伏見が手を重ねていた。

「言っておいてなんだけど緊張しちゃうね……」

俺の指先を優しく握る伏見。

「誰にも言わない秘密。二人だけの……」

全身の体温が顔に集中しているのかってくらい、自分の顔が火照《ほて》っているのを感じる。思考回路もまるで働いてない。伏見と触れている部分だけが妙に熱い。

顔を上げた伏見の目がとろんとして、薄目になり、そして閉じられた。

俺は息を呑《の》んだ。腹を括《くく》るまで一瞬だったような気もするし、もっと時間がかかったのかもしれない。

「おーい。にーにー?」

覚悟を決めた瞬間、遠くのほうから茉菜の声が聞こえてきた。

「諒くん、茉菜ちゃんが」

わずかなズレだった。

茉菜の声に反応してほんの少し動いた伏見の頬に、俺の唇が触れた。いや、ぶつかったっていうほうが正しいかもしれない。

ミスった――。タイミングも悪かった。

思ったようにいかなくて、そのあとどうしたらいいのかわからずにいると、茉菜の声が次第に大きくなってきた。

「こっちー?　にーにどこー?」

頬を触った伏見が、溶けそうなほどの甘い笑顔になり、えいっと飛びかかるように俺に抱き着いた。

「おかえし」

つん、と頬を優しくついばまれた。

ぎゅーっとされると、すぐに伏見は離れた。

「茉菜ちゃんが捜している。行こっ」

先に伏見が砂浜のほうへ歩き出し、俺もあとを追った。

岩場を慎重になりながらこっちへ来ようとしている茉菜が俺たちを見つけると「何してたの、二人でー？」と真っ先に質問をぶつけてきた。

「撮影のことで、諒くんに怒られてたの」

「そう？」

首をかしげた茉菜が目線でこっちにも尋ねてくる。

「まあ、そんなとこ」

「エロいことしてたんでしょー！」

「してねえよ」

グレーゾーンなことは……した。嘘はついてない、嘘は。本当のことも言ってないけど。

「めっちゃ遠かったんだよー」

愚痴《ぐち》交じりに、茉菜たちが何をしていたのか聞くことになった。

ホームセンターでカセットコンロを、テナントに入っていた一〇〇均で調理器具や紙皿や箸《はし》を、スーパーでは食材をそれぞれ買ったらしい。

「ここで作るってこと？」

「そ。今親方とデグーがあたしの指示で食材の下処理してるとこ」

二個上の先輩を顎で使う茉菜だった。

「料理長じゃん、茉菜ちゃん」

「にしし……イイネそれ」

カセットコンロを買って、料理に必要な道具を買って……。

作れるものって、何だ？

「焼きそば作るんだー。海の家の定番じゃん？」

「あー。いいねそれ！」

「しばし待たれよー！」

最後の岩をぴょんとジャンプして、砂浜に着地した料理長は、上機嫌で仕事をしている篠原と出口のほうへサクサクと駆けていった。

俺も手伝おうとしたけど、かえって邪魔になるらしく、あっさり拒否された。

海の家のそばに、水浴びができるようにか、学校で見かけるような蛇口が三つ連なる水場があり、そこで三人は作業をしていた。

一五分ほど待つと、分けられた焼きそばが紙皿にのって出てきた。

「さすが茉菜です……！　期待通りのクオリティです」

「もっと褒めて、もっと褒めて」

カモン、と自分のほうへ指を折っている。

さっそくみんなで食べはじめた。相変わらず美味《うま》い。珍しいものは何も入れてないなんてことない焼きそばなのに。外で食べるからか？

「どうして美味いか、わかるか、たかやん」

もくもくと皿の焼きそばを食う出口が、俺に問いかける。

「茉菜が作ったからだろ」

「もちろんそれもある」

「外だから」

「うん。それもあるな」

「他に何かある？」

奥歯に物が挟まったような言い方がじれったいので、俺は答えを急かした。

「オレとたやかん以外が全員美少女――」

「これって、お金結構かかったんじゃないの？」

鳥越が買い物に行った茉菜と篠原に尋ねる。

出口の話は、誰も聞いてなかった。俺も聞いてないことにした。

質問には篠原が答えた。

「全部入れて七〇〇〇円少々よ。お店でご飯を食べることを考えれば、許容範囲だと思って」

一人約一〇〇〇円か。どこかで食事をしておやつを買えば、まあそれくらいは使うだろうという額だった。

「あたしの分は、にーにが払うけどね」

「そんなこと俺はひと言も」

「バイトしてるくせに、ケチー！」

「……しゃーないな。今回だけだぞ？」

「むふっ。にーに愛してるぅ」

はいはい、と俺は茉菜の言葉を流すと、伏見が不思議そうにしていた。

「諒くん、バイトしてるんだ？」

「そういや、言ってなかったな。ヒメジの知り合いに仕事を手伝わせてもらってて」

「そうなんだ」

ちらりとヒメジに目をやった伏見は、つまらなさそうに目を伏せた。

渡されたレシートを見ていると、最後の一行に『花火・ファミリーセット×3』とあった。

は、花火買っとる⁉

「おい、茉菜、花火三つっておまえ」

「あれ、足んなかった？」

「個数のことは言ってねえよ。要る？　花火」

俺のひと言は賛同を得られると思ったのに、誰も同意してくれない。これ買ってなかったら一人七〇〇円くらいだったんだぞ。俺に至っては一四〇〇円だ。

「はぁ？　あたしファインプレーだと思ったのに。神判断じゃん。むしろ通り越して宇宙だし」

宇宙よりも神が手前にいるのか？　宇宙を創るのが神なんだから逆なんじゃ……？

茉莱独特のワードセンスにツッコんでもいいことはないので、俺は黙っておいた。

「花火するっていっても、そんな遅くまでいないだろ」

「「「え」」」

誰かと誰かの声が重なった。たぶん信じられなさそうにこっちを見ている俺以外全員の声だったんだろう。

今は昼の一時を回ったところで、何時間もここにいるとは想像ができなかった。

けど女性陣はほぼ全員遊ぶ気だったのか、さっさと片づけをして着替えて浮き輪を装備して海に入り、きゃっきゃと楽しそうに遊びはじめた。

俺は浜辺で砂を手慰みにイジっていた。出口も隣でサングラスをかけたまま遠くを眺めている。

「出口、水平線を見るのはそんなに楽しいのか？」

「って思うだろ、たかやん。違うんだな、これが」

「何が？」

「グラサンは、視線を隠せる。だからみんなの水着を堪能できる。見てるってことがバレねえんだ」

「そんなことのために、サングラスを……」

その熱意、他の何かに活《い》かせないのか。呆れるし、ちょっと感心もする。そんな細かいことまで考えてるんだなって。

「そんなことって……今日のメインだろ。撮影終わったからって、帰ろうとするたかやんのほうがやべーって」

こんなこと一生ねーかもしんねーだろ。と出口は力説した。

来年は受験モードかもだし、遊んでる暇もないかもしれない。

「ま、そうかもな」

「諒くんもやろーよ」

手招きをしている伏見は、花柄のワンピースの水着を着ていた。丈がめちゃくちゃ短いワンピースに見えるので、そうと知らなければパンツ見えないの？　って訊いたかもしれない。

「鳥越は、混ざらないの？」

俺は後ろのほうで読書をしている鳥越に話を振った。

ちょうど陰になる海の家のデッキに鳥越は腰かけている。一応着替えているらしいけど、薄手のパーカーを羽織《はお》り、フードも被っていた。

「小説が、来る途中でいいところに入ったから、気になって。だから私はしばらくいいかな」

と、マイペースなことを言う。

「鳥越氏のあのカッコやばいよな」

ぼそっと後ろは振り返らず出口が言う。

「何が」

「水着だってわかってるけど、下は何も履《は》いてないだろ？」

「ああ、うん」

「パーカー着てるせいで、水着がパンツみたいに見えるんだよな……だから今はめっちゃパンチラしてる状態だ」

「やめろ、アホ。そう言うとそんなふうに見えてくるだろうが」

ＨＡＨＡＨＡと出口が笑いながら扇子を仰ぐ。

「たかやん殿も、隅におけませんなぁ～」

「それ使い方たぶん違うだろ」

カラフルなビーチボールが水上をぽーんと舞って、水しぶきがあがり、黄色い歓声が聞こえる。

ヒメジは、あの日買った水着を着ていて、篠原は学校で使っているらしいスクール水着。私立だからか、競泳水着みたいな感じだった。眼鏡《めがね》はかけたままで髪の毛を後ろでくくっている。

「にーに、おいでよー！」

伏見の誘いに応じないのを見かねたのか、茉菜も俺を呼んだ。

「にーに！　下手っぴなのはみんなが知ってるから、ハズくないよ！」

「そんなこと気にしてるわけじゃねえんだよ」

出口は、はぁ、とうっとりするようなため息をつく。

「チャン茉菜よ、問題は」

「何が問題なんだよ」

「中三だろ？　ねえよ、あんなボディ。ズルだよ。チートだよ。ギャルで料理上手でブラコンでメロン二つ装備してるなんて」

妹をそんなふうに言われるのは、あんまり気持ちのいいものじゃないな……。

「あ、メロンじゃなくて、夏だからスイカでいいや」

「どっちでもいいわ」

てか、外から見ると、茉菜ってブラコンに見えるのか。

「諒ー！　入ってくださいー」

もちろんヒメジのボディについても出口は評論していた。聞き流していたけど、巨峰って単語だけ聞こえた。何で果物縛りなんだよ。

当分は帰りそうにないし、このまま眺めているのも飽きたので、俺は重い腰を上げた。

茉菜が持って行けって口うるさく言うから一応水着を持ってきていた俺は、手早くブルーシートの向こうで着替えた。

「じゃ、出口、ちょっと行ってくるわ」

「なあ、たかやん、最後に一個いいか」

「ん？」

「何で誰一人オレを誘わないんだろ……」

出口の視線はわからないけど、たぶん水平線を見ていたと思う。

「サングラスで視線を隠してるようなやつだからだろ」

ぐはぁっ、と出口が砂浜に倒れた。

ビーチボールがこっちに転がってきたので、それを海に投げ入れ俺は伏見たちの輪に入った。


気がつけば夕日が砂浜をオレンジ色に照らし、空は藍色がどんどん濃くなっていっていた。

鳥越が最初に提案したように、俺はカメラで一連の遊びを録画していた。

それが数時間。

砂浜でやったビーチバレーが思いのほか白熱したせいもあった。

枯れるくらい声を出したのって、いつぶりだっただろう。

はしゃぐ自分の様が録画されていると思うと、動画を進んで観たいとは思えなかった。

ビーチバレーは、途中から鳥越も参加し、二人一組の色んなパターンの組み合わせで遊んだ。

俺と篠原が組んだとき、鳥越&伏見ペアは、妙に殺気立っていた。

出口はというと、本当に数時間、誰も誘わなかったせいで寂《さび》しくなったらしい。ビーチフラッグを提案したけど、誰も参加しなかった。

出口はフラッグ側からみんなが走ってくるのを見る気だったようで、その魂胆がバレたせいだと思う。結果的に自棄《やけ》になった出口は、一人でビーチフラッグをして砂まみれになっていた。

見てられなくなった俺は、小腹が空いたのもあって出口を買い出しに誘った。

ジュースを飲むにしても、自販機で買うよりスーパーでペットボトルのでかいやつを買うほうが安くつくし。

「たかやん主婦かよ」

「茉菜にそれ言ったら『はあ？　当たり前だし』って冷たい目をされるから気をつけろよ」

「アリだなぁ」

こいつが何でもオッケーなのを忘れていた。

言い出しっぺの俺がおやつとジュースの会計をしようとすると、出口が「ちょっとくらい出させてくれよ」と言うので割り勘にした。

買い出しから海へ戻ると、いよいよあたりは暗くなり伏見たちが花火の準備をはじめていた。

「着替えてるし……」

ため息交じりに出口が言う。薄暗くなっても謎《なぞ》センサーは敏感らしく、女子が私服に戻ったことを瞬時に指摘した。

そういうとこだと思うぞ、出口。誰も遊ぼうって誘ってくれないのは。

風が出てきたせいでロウソクの火が安定しないようなので、カセットコンロから直で着火することになった。

ゴールデンウイークにも花火をしたのに、伏見も茉菜もテンションマックスではしゃいでいた。意外と鳥越もそうらしく、声を弾ませ噴出する光を見つめていた。

この前はキス、されたんだよな……。

伏見はそれを、ズルだと言った。俺が思っているほど、いい子でもない、と。

どういう意味で言ったのか、真意はよくわからないけど、ヒメジも似たようなことを言っていた。ズルいというか上手いというか、そういう節があるって。

その人物評に間違いがないとすれば、俺のノートに書かれた高校生になったら初キスをするというあれは、やっぱり伏見が書いたものだったんだろう。

時期でいえばヒメジの転校後。ヒメジとは手紙でやりとりをしていたころだ。

文通の記憶はある。手紙は、どこかに保管していると思うけど、そんなふうに俺がわざわざ連絡を取り合うってことは、両想《おも》い、だったんだよな、きっと。

そんなことを考えている間に、花火は線香花火を残すのみとなった。

「三つでちょうどよかったね」

鳥越が茉菜に話しかけている。

「でっしょー？　一個じゃ絶対足んないって力説したかいあったよ、ほんとー」

出口がカメラを持ってそれぞれを撮影している。借り物なので丁重に扱えって口うるさく言っているから、扱いに関しては大丈夫だろう。

「夜の海って、かなりヤバいですよね……」

「何が？」

線香花火をしている俺の火球が、ぽとり、と風で落ちた。

「いえ、何でもありません」

訊いてもヒメジは何がどうヤバいのか何も教えてくれない。

「出口さん。海は撮らないほうがいいですよ」

「え？　どして？」

ゴミを片付け、帰り支度をはじめているのに、出口はまだカメラを手にしたままだった。

それとなく、みんながヒメジの言葉に耳を傾けている。

「映っちゃったら、どうするんですか」

みんなが無言になり、イヤな沈黙が流れた。

「姫嶋《ひめじま》さん、そういうの、やめようぜ……」

風が強く吹きつけ、ブルーシートがガサガサと激しく鳴った。

「ふみゃぁあっ⁉」

伏見が驚いた猫みたいな悲鳴をあげる。俺はどっちかっていうと、その悲鳴にビックリした。

何も言わないまま、篠原と鳥越が背をむけて走り出した。

もうそこからはパニックだった。

「え、何、何ぃぃぃー⁉」

あまり動じないタイプの茉菜が混乱したせいか、それが余計に恐怖心を煽ることになった。

俺の手を掴んだ茉菜がぐいぐい引っ張りながら海岸から離れようとする。

「にーに、は、早くい、い、行こっ」

「ちょ、え、何、みんな――なんかいる――？　た、たかやん、待ってくれよ！」

出口も追いかけてくる。

あれ、伏見は？

くるっと振り返ると、立ったままフリーズしていた。

あ、あれダメなパターンだ！

「伏見」

戻ろうとする俺を引っ張って止めようとする茉菜。けど俺は茉菜を引きずりながら、伏見のところへ行き腕を摑んだ。

「あ、あそこ、今――」

とだけ言ったヒメジが、俺たちをあっさり追い抜いて走って逃げる。

「にーに、やばいって！」

「伏見、おい、伏見！」

「あっ……諒くん？」

「逃げるぞ！」

茉菜は俺の手を握って、俺は伏見の手を握って、一目散に駆けだした。

……駅まではあっという間だった。息は上がり、走ったせいでサンダルが何度も脱げかけた。つま先に残った砂のジャリっとした感触がまだ残っている。

最後は俺たちだったらしく、心配そうな顔でみんなが駅舎で出迎えてくれた。

「……で、結局何があったの？」

出口が誰ともなく問いかける。

「具体的には、わからん」

俺が答えると、ふふふっ、と茉菜が笑いだした。

「みんな超パニック。ウケる」

「茉菜ちゃん、笑いごとじゃないよっ。わたし、足すくんで動けなかったんだから！」

「姫奈、動けなかったのは、誰かが足を摑んでいたんじゃ……」

「――やめてぇぇぇぇぇぇぇぇ！」

恐怖感がなくなった反動か、安心感だけで何だか笑えてきた。

「もう、ほんとに、怖かったんだから……」

伏見は半泣きになっていた。

俺も鳥越も篠原も、笑いを声に出していた。

「何だったんでしょう」

すん、としたとぼけ顔をヒメジがしている。

……あ、こいつだな、犯人。みんなの恐怖心を煽りやがって。

「もー、マジでめっちゃ怖かったわ」

言いながら、出口も腹を抱えていた。

誰もいない駅舎で俺たちが笑い転げていると、あっさり電車に乗り遅れた。

「次……三〇分後じゃねえか！　田舎《いなか》かよ！」

「どう見ても田舎だろ」

半ギレふうの出口に俺が軽くツッコむだけで、みんなが笑う。感情がバグって笑うハードルがもうほとんどないも同然だった。

そしてようやくやってきた電車に乗り、俺たちは帰路に着いた。

最初は雑談をしていたけど、電車に揺られるうちにいつの間にかみんなが寝ていた。

「諒くん、眠くないの？」

「撮った映像確認したくて」

そっか、と伏見は笑った。

「あ、さっきの幽霊？　騒動だけど、たぶんヒメジの嘘だと思う」

「え」

伏見の目が点になると、横で健やかに眠っているヒメジの頬に手をかけた。

「この口かぁ～！　デタラメを～！」

恨み節の伏見は、寝ているヒメジの頬をぎゅーっとつねった。疲れていたのか、全然起きる気配はなかった。

シートに背を預けて心地よい疲労感に包まれていると、伏見が変な唸り声を上げた。

「お。むおお？」

「どした」

「演劇のオーディションを受けていたんだけど――これ！　ほら！」

きらめくような表情の伏見は、携帯を印籠《いんろう》のようにずいっと突き出した。

見せてくれたのはメール画面。その件名には『一次審査のお知らせ』とあり、文面を追って

いくと審査通過、という文言があった。

「まだ一次の書類審査なんだけどね」

嬉しさを押し殺しているのか、伏見の頬は少しゆるんでいる。

「……書類審査なのに、メールで通知なんだな」

「諒くん、細かいところにツッコまないで」

俺は、やっぱりまだどこかで、伏見に対してうらやましさを感じているのかもしれない。

おめでとう、だろ。最初のひと言は。

「……よかったな。おめでとう、伏見」

「うん、ありがとう、ありがとう、世界のみんなありがとー！」

大げさに感謝する伏見は、いつにも増してテンションが高かった。

……俺にも、何かないのか。

ヒメジや伏見みたいに、懸けれるもの。

自慢したいわけじゃない。それでマウントを取るつもりもない。人に言える何か――。

「レッスンのときに先生から話があってね――」

伏見はオーディションを受けた経緯を教えてくれた。

審査は四次まであり、そこを通過すれば晴れて合格となるそうだ。

「ネットで応募だったんだけど、この前作ったSNSのアカウントのあれも載せたんだよ。それがよかったのかも！」

最近のやつっぽいな。ＳＮＳや動画サイトも参考資料にするっていうのは。

「諒くんとしーちゃんのおかげだよ、きっと」

伏見は、無邪気に言った。

「あんまり関係ないんじゃないの？」

「そうかな？」

そうだろう、きっと。

「わたしのこと、見てて」

「うん？　見る？」

「応援してほしいなって……思って」

「そりゃ、もちろん」

「ありがとう」

純粋な笑顔に、目をそむけたくなってしまう。

伏見は、ズルをしたとか悪い子だと自分で言うけど、きっと俺は、伏見の比じゃない。

「諒くんが応援してくれるなら、わたし、何でも頑張れるから！」

今日で何段も階段をのぼった伏見の思いは熱かった。真面目《まじめ》な性格は相変わらずで、映画のことも忘れず、全力でやっていくと言った。

帰宅すると、汗と潮風が吹きつけた体をシャワーで流しながら、今日の出来事を反芻《はんすう》する。

撮影や砂浜での遊びや色々あったけど、一番胸に響いたのは伏見の話だった。

浴室を出て部屋へ戻る。

形のない重りのような何かを忘れようと他のことを考えようとした。

読みはじめた漫画のこと、勧められた映画のこと、まったく関係ないこと――でも、全然ダメで、ブーメランみたいに俺の手元に戻ってくる。

手慰みにいじっていた松田さんに借りたカメラ。あと少しでバッテリーが切れるから充電しておかないと。

借りた当初は持て余すかもしれないと思ったけど、今ではもう使い慣れて、完璧《かんぺき》ではないにせよ、きちんと扱えるようになっていた。

「……俺は」

何でなんもねえんだろう――。

そう続けようとしたとき、いつもは軽く扱いやすくて助かる手元のカメラが、何かを主張したように思えた。

学祭の動画データが入ったＳＤカードを、何も入ってないものと交換する。

俺は筆箱を漁《あさ》りおもむろにシャーペンを持ち、目についた古典のノートに、思いつくことを書いていった。

時計を見ると、日付が変わっていた。

俺は、じゃない。

俺も、だ。

俺も何かになるんだ。

⑧ オーディション

元々大して板書をしていなかった古典のノートは、俺《おれ》が吐き出した思いで白紙ページが埋められていった。

冷静になれば、何でこんなもん書いたんだろうって首をかしげたくなるものなんだと思う。

気づけば朝になっていて、シャーペンを握り続けていたら昼になっていて、いつの間にか帰っていた茉菜《まな》が食事を持ってきてくれた。

黒歴史ノートって呼ばれるであろうものを、俺は今作っている。

でもそれでいいとも思う。今まで白も黒も、何にもなかったんだから。

明日の予定は何もないので、ひたすらノートを覗《のぞ》き込み、俺は自分の声を吐き出していった。

「にーに、なんか殺気立ってるけど、どしたの」

晩ご飯を食べていると、茉菜が箸《はし》をくわえながら首をかしげた。

「んー。ちょっとな」

「あー！　反抗期だ！」

「うるせー」

誤魔化《ごまか》すことを反抗期とは呼ばないだろ。

食事を済ませ、シャワーを浴びて、また部屋に戻り、ノートと向き合った。

一〇ページほどしか書かれていなかった古典のノートがすべて埋まったころ、改めて読み返してみた。

自分の痛さが恥ずかしくなる。無軌道に書きなぐられた文字に苦い気分を思い出す。自分で書いておきながら首をかしげた。

でもよくわからない熱量のようなものだけは、一貫して伝わってくる。

これを映像にしてみたいと思うのに、時間はかからなかった。

伏見《ふしみ》が女優を目指していることを黙っていた気持ちが、少しだけわかった。

「お疲れ～、りょっきゅん」

午前中で撮影が終わり、昼から事務所でバイトをしていると、松田《まつだ》さんが鞄《かばん》を手に社長室へ帰ってきた。

「お疲れ様です」

俺の呼び方は、最初は諒《りょう》クンだったのが、諒キュンに変わり、いまではりょっきゅんという謎《なぞ》の進化を遂げていた。

「はぁ〜、おつおつのおつだったぁ」

ため息とともに、椅子《いす》にどかっと座り、リクライニングを目いっぱい倒す松田さん。

こんなふうにして、松田さんは俺に「どうしたんですか？」って言わせようとしてくる。

俺に質問させる前に、何か言いたいことがあるならさっさと言ってくれればいいのに。

ビジュアルだけはすっげーカッコイイのにもったいない。

ちなみに、『おつおつのおつ』は、とても疲れたって意味だと解釈している。

「お疲れ様でーす」

俺が機械的な反応をすると、松田さんは体を起こし「やだ、りょっきゅん、冷たぁーい」と面倒くさいことを言い出した。

「何かあったんですか？」

根負けした俺は松田さんの思惑通り尋ねた。

今日の午前中は、映像製作会社とプロモーションの打ち合わせだったはず。

最近、メールやメッセージだけじゃなく、電話応対もするようになったので、松田さんのスケジュールに詳しくなった。

「現場のカントクが、全然話のできない男でねぇ」

「そりゃ、大変でしたね」

「りょっきゅんがやればいいのにって思ったくらい」

「え」

　思わずドキリとしてしまう。

「冗談よ」

「そ……ですよね」

　事務員さんが、松田さんに麦茶を出すとぐいっと一気に飲み干した。いい飲みっぷりだ。

「アイカちゃんから聞いてるわよ？　映画、順調みたいね」

「はい。お陰様です。カメラの使い方もわかってきたし、本当に助かってます」

「いいのいいの。アタシはりょっきゅんに感謝し足りないくらいなんだから」

　ああ、俺がヒメジに好影響を与えて元気になったっていうアレか。

　いまいちその言が信じられないのは、再会したときから、ヒメジはすでに元気だったように思えたからだ。

「ヒメジのオーディションって、そのあとどうなったんですか？」

「何、気になるの？」

「そりゃ、多少は。本人からオーディションを受けることは聞きましたけど、直接訊《き》いて、もし気の毒な結果だったらって思うと訊きにくくて」

「それもそうね。審査は無事に進んでいるわよ。さすが、アタシが見込んだ女ね」

　たしかミュージカルの主演オーディション。

「次の四次審査が最後で――」

「え、四次？」

　前、同じ単語を聞いた。

「どうかした？」

「それって、芸能事務所に入っている人が受けるんですよね？」

「事務所所属の子は、トーナメントでいうとシード扱いで、正確に言うと二次審査からね。一般募集は一次の書類審査から。そこから進む場合だってあるわよ？　ただ九九％は書類落ちで、よっぽどじゃないと進まないのだけれど」

　一般募集……。一次が書類――。

「オーディションって、いくつもあるものなんですか？」

「どうしたの、やけに食いつくじゃない」

　俺の反応が珍しいのか、松田さんは目を丸くしている。

「一〇代、女性、歌唱力あり、演技力あり――この条件の主演のオーデイションはこの夏でひとつよ」

　じゃあ、伏見の言っていたオーディションって……。

「あの子、今本当にやる気なんだから。最終審査通ってほしいわ」

　演技に関してはまだまだ甘いところがあるけれど――と松田さんは続けるけど、俺は上の空だった。

松田さんが帰ってくるほんの一〇分前に、伏見からメッセージを受け取っていた。

『三次通った通った！　うおおおおおおおおお！　次最終だーーーー！』


とんとん、と肩を叩《たた》かれて、振り返ると出口《でぐち》が顎《あご》をしゃくっていた。

あ。そうだった――。

俺は慌ててカメラの録画を停止させる。

「オッケー」

俺が言うと、出口がカチンコを鳴らすかのように手をパチンと叩いた。

「オッケーでーす。お疲れ様」

出口の声に、はーい、と伏見が簡単に返事をする。

教室のシーンを撮影していたのに、この前のことを思い出してついぼんやりしてしまった。

オーディションの件について、俺はおめでとう、頑張れよ、って伏見にメッセージを返信したけど、知らないんだよな、二人とも。

「藍《あい》ちゃん、次のとこだけど、練習したときより、ちょっと間を取りながら言ったほうがいいかも」

「何ですか、意地悪ですか？」

「違うってばー、もー」

「……ちなみに、どんな感じになるかやってみてもらえますか？」

「ふふ。とかいいながら、ちゃんと藍ちゃんは実践してくれるんだよね」

「無駄口は言いので、早くやってみてください」

松田さんが言ったように、伏見との演技を比べるとヒメジはまだまだなところがある。けど、自覚があるんだろう。

ああして伏見が送ったアドバイスは、受け入れていることが多い。

伏見はアクターズスクールに通っているし、ヒメジもどこかのスタジオでボイトレをはじめたって言っていた。

とくにヒメジは、オーディションのためだろう。

二人には、応援してほしいと言われている。

片方を応援するわけもないし、どっちも頑張れって思う。

主演って言ってたから、選ばれるのは一人。公演数によっちゃ、二人だったりするらしいけど。

伏見が言っていた最終審査の日と松田さんが教えてくれたヒメジの最終審査日は、同じ日だった。

会場で、ばったり出くわすってこともあるだろう。

……何でだろう。俺のほうが緊張してきた。

ま、どっちも落選ってこともあるし、あまり考えないでおこう。

撮影はさっきのシーンが今日のラスト。

エキストラ役で来ていたクラスメイトたちは、空腹を訴えながら別れの挨拶《あいさつ》を口にして教室を出ていった。

ヒメジは用事があると言い（たぶん例のボイトレだろう）伏見もこれからレッスンだというので残ったのは俺と出口と鳥越《とりごえ》だけとなった。

「どっかでメシ食う？」

出口が誘ってくれたので、昼食を調達するためコンビニまで行き、解放されている食堂で買ってきたおにぎりをかじった。

「今どんくらいなの？　制作進行度ってやつ」

「撮影だけならもうちょい」

「おぉ」

感嘆の声を上げる出口に、パックジュースを飲む鳥越がふるふると首を振り、ストローから唇を離した。

「けど、高森《たかもり》くんは編集したり音楽を入れたり、そういう作業があるから」

「……え、たかやんの仕事量パなくね？」

パないかどうかは、よくわからん。

「じゃ、全体だと何割よ？」

「半分くらい？」

「うげぇ……間に合う……よな？」

キリっとした顔で鳥越が代わりに応《こた》えた。

「間に合わせるよ。高森くんが」

そうなんだけど、それ俺が言うセリフな。

「頑張ってくれー、たかやん」

「はいはい」

と、俺は適当に調子を合わせておいた。

「あ、それで、アッチはどうなん？」

「ああ、あれな」

何の話なのか、ピンときた。

「アッチって、何？」

不思議そうに鳥越が訊いてきたので、俺は答えた。

「この前、みんなで海に行っただろ。動画も撮ってたから、それをまとめようってことになって」

　説明をしているうちに、鳥越が生ゴミを見るような目をして言った。

「みんなの水着動画を？」

　こんなふうに勘違いされるだろうから、俺は反対したんだよ。

「いやいやいや鳥越氏あれは思い出。思い出動画。何年かしたあとに見返して懐かしくなるやつだから。あの動画だけでお酒呑《の》めるやつだから」

　早口で出口が弁明をする。

　けど、まあ、建前《たてまえ》なんだよな、これ。鳥越が言ったほうが出口の本音だったりする。

「私も、みんなで映っているものは欲しいなって思ったけど、高森くんがそれを一人でマジマジと見ながら編集していると思うと……」

　小声になっていき、最後のほうはもにょもにょと口ごもった。

「鳥越氏はなんか恥ずかしがってるけど、ずっとパーカーだったじゃんか。脱がなかったこと、オレ根に持ってるんだからな」

　どこ目線の誰《だれ》なんだよ、おまえ。

「ヒメジちゃんやマナマナがいる前では、見せられないから……」

　比べられるとキツい、と。でもその中に伏見は入っていない、と。

「もっと自信持てよ！　鳥越氏イイモン持ってるんだからもっとこう――」

「やめろアホ。このセクハラマン」

おかしなエンジンがかかってしまった出口に自重を促した。

「綺麗《きれい》な足してるくせに！」

「だからやめろって」

俺もちょっと思ったけど。

げほげほ、と鳥越がむせてしまった。

「あー、えと、鳥越。誓っておかしな編集はしないし素材をそのまま繋《つな》げるくらいだから」

「じゃあ、うん。それなら」

どうにか許可をもらった。

エロ方面だと無駄に出口は熱くなるから、困ったもんだ。

昼過ぎから遊ぶ予定があるから、と出口は自分の昼食を食べ終えると、さっさと食堂から出ていった。

鳥越は、パックジュースだけ。それで足りるのか訊いたら、「夏バテ気味だから」と答えた。

夏バテを経験したことのない俺は、それで体調は問題ないのか心配になったけど、食べたほうが気分が悪くなると言うのだから、ますますわからなくなった。

ズズズズ、と鳥越のジュースがなくなりかけ、話題が尽きたタイミングで、俺はかねてから思っていたことを切り出した。

「なあ、鳥越。一個頼みがあるんだけど」

「うん？」

「俺の映画、出てくれない？」

「は？」

ぱちくり、と目を瞬かせた鳥越に、俺は説明を続けた。

「クラスの映画じゃなくて、俺の個人的なやつ」

「……」

話がよく呑み込めないのか、ぽかんとすると、ようやく口を開いた。

「嫌」

わかってた、わかってた。そういうのを嬉々《きき》として受け入れるタイプじゃねえもんな……。

「ひーなやヒメジちゃんがいるでしょ。どうして私に」

「キャラクター的に。鳥越が、一番しっくりきた」

「私が？」

うんうん、と俺はうなずいた。

勢いそのままに書き殴っているノートを整理して、鳥越の真似《まね》をして脚本もどきを作ってみると、主人公像は、鳥越がぴったりと合った。伏見やヒメジ、茉菜では大きく違った。

松田さんに誰か頼もうかと思ったけど、仮にも事務所に所属しているプロにお願いするのは気が引けるからやめておいた。

そう鳥越に説明しても首を振られた。

「絶対できないから、無理。ヒメジちゃんの半分も上手《うま》くできないから」

「そっか……」

そりゃ、伏見に役作りをさせればある程度はできるんだろうけど、内容に共感はできないだろう。

キャラのイメージ、がっつり鳥越がハマったんだけどな……。

でも無理強いはさせたくないし……。

「じゃ、その……」

俺が困っているのを見かねてか、鳥越が提案をした。

「く。……く、口説《くど》いて」

「え?」

「わ、私が、出演したくなるように」

なるほど、俺の熱意を問うているわけか。

「あと、このことひーなには言った?」

「言ってないよ」

「言っておいてね」

「何で？　俺が勝手にやっているものなのに」

「もしやるにしても、クリーンな状態でスタートしたいから」

クリーンな状態？

よく意味がわからず、俺は口の中で言葉を繰り返した。

「どういう内容？　高森くんがお願いしてくるなんて珍しいから、気になる」

「口で言うのも難しいんだけど――」

俺の説明は決して上手いものじゃなかったし、きちんと伝わったのかもわからない。

けど、それを鳥越は黙って聞いてくれて、ときどき質問を投げかけた。学祭の映画を作るときと立場が逆になっていた。

「いいね、そういうの」

「そ、そう？」

痛さと弱さの塊に、光が当てられたような気がした。

「好きだよ、私」

「そ、そっか、よかった」

俺がほっとしていると、鳥越が控えめに微笑《ほほえ》んだ。

「だからさ……ちゃんと口説いてね」

あれから、口説くって言われても全然わからないので、検索をした。

体系的なことしか出てこなかったので、あまり参考にはならなかったけど、ともかく、俺は鳥越にアプローチをしなくてはならなくなった。

とはいえ、スケジュールの都合上、撮影は一週間ほど休み。

会う機会もこれといってないので、俺はときどき電話をして自分の映画の内容を鳥越に聞いてもらうことを繰り返した。

内容を好きだと言ってくれたのもあって、相談のハードルがずいぶん下がったんだと思う。

気兼ねなく何でも話すことができた。

「いやー、やっぱいいな鳥越は」

話が一段落すると、かかっていたモヤが晴れたかのような気分になった。

『えっ。何が』

「色々話せるし」

『……えと……まあ……そかな』

ぼそぼそと小声になる鳥越。

『そういう口説き文句になるとは思わなかったな……』

「え？」

『ううん、何でもない』

こんな感じで、何度か通話をした。

明日伏見がウチに来て宿題を一緒にすることを鳥越に教えると、「私は大丈夫。誘ってくれてありがとう」との返事だった。


オーディション当日。

電車に揺られ何度か路線を乗り換え、俺は伏見と最終審査会場へ向かっていた。

「伏見、大丈夫？」

「うん。わたしは大丈夫だよ」

「そっか」

そわそわする。

手慰みに用もないのに携帯を覗いては、ポケットに戻し、また取り出しては来てもない通知の有無を確認した。

「……諒くんのほうが大丈夫じゃなさそう」

ふふふ、と伏見が笑う。

「なんか緊張するんだよ」

「えぇー、わたしのなのにー？」

「俺だって何でこうなのかわかんねえんだよ」

変なの、とまた伏見は明るく微笑む。

オーディションに関して、伏見の口からヒメジの話は出ない。逆も然《しか》り。

本当に、知らないんだろう。

お互い同じオーディションを受けて、その最終審査に残っているなんて。

ヒメジは、この件に関して伏見の話どころか何も言ってこない。だから俺は経過の全部を松田さんから聞くことになったんだけど、意地っ張りでちょっと高飛車なヒメジらしい態度だった。

落ちたらみっともない、とでも思っていそうだ。

最寄り駅を降りて、伏見は携帯を見ながら会場までの道を案内してくれる。

日傘を差してくれるので、ちょっと涼しい。

「一二人なんだよ、最終に残ったの。すごいよね」

他人事みたいに伏見は言う。

ダメ元のつもりなんだろうか、って思ったけどそうじゃないみたいだ。

「わたしね、昨日の夜、眠れないかなって思ったけど普通に寝ちゃって。あはは」

変に明るいし、登下校よりも饒舌《じょうぜつ》だった。

「ごめんね、こんなに暑いのに付き添わせて。本当はお父さんが来てくれる予定だったんだけど、仕事だったみたいで。いや、一人で行けよーって話なんだけどさ――」

「そっちのほうが気は紛《まぎ》れる?」

「え?」

「ううん、何でもない」

立ち寄ったコンビニで買った水が入ったペットボトルをパキっと開けて、伏見に渡した。

「喉《のど》渇いてない?」

「あ。ありがとう」

ぐいっと二口ほど飲むと、むふーっと息をすべて鼻から出した。

知らないオフィス街を進み、小さな脇道《わきみち》に入っていく。見知らぬ土地の奥まった場所となれば、心細く感じるのは無理もないだろう。

そして足を止めたのは、何の変哲もないビルだった。窓のすべてが、ギラギラと照りつける陽光をいくつも反射させている。

「ここの三階にあるレッスンスタジオであるみたい」

俺と同じように、伏見が三階らへんの窓を見つめる。

伏見は一度深呼吸をした。たぶん、伏見は俺の何倍も緊張してたんだろう。

「あ、お水」

伏見がペットボトルを返そうとしたけど、俺は首を振った。

「持ってっていいよ。何にも買ってなかったし口にしてなかっただろ」

「あ、ほんとだ。じゃ、ありがたくもらいます」

よし、とひと言口に出して、伏見は俺に手を振ってビルの中へ入っていった。

終わるまで、どこかで時間潰《つぶ》そうかな。

と思っていると、聞き慣れた声が聞こえた。

「諒……？」

「ん？　あぁ、ヒメジ」

そりゃ、そうか。すでに到着していなけりゃ、来るよな。

付き添いで松田さんも一緒だった。

「ど、どうしてここに？」

「いや、ええっと……」

何て言えばいいんだろう。本当に伏見とのことは知らないんだな。

「最終審査の現場まで突き止めてここにきてしまうなんて……諒は、ストーカーの才能があるんですね」

「なもんねえよ」

おほん、と松田さんが咳払《せきばら》いをする。

「りょっきゅんは、応援のサプライズで来てもらったの」

いや違うけど。

「そうなんですか⁉」

ヒメジはくるっと後ろを振り返り松田さんを確認し、すぐに顔をこっちへ戻した。

俺が半目をしながら平然と嘘《うそ》をつく松田さんを見ると、合わせろやー、と口を動かしながらバチンバチンとウインクしていた。

「ええっと、まあ、そんな感じ」

固かったヒメジの表情が、ぱぁぁぁ、と明るいものへと変わった。

それに自分でも気づいたのか、すぐにふるふる、と頭を振った。

「こんな暑い中、ご苦労様です。応援してほしいとは言いましたが、こんな形で応援されるとは思ってもみなかったので、嬉《うれ》し……じゃなくて、えと……」

「頑張れよ、ヒメジ」

「い、言われなくてもそのつもりですっ」

では、とヒメジは言い残して中へ入っていった。

完全に姿が見えなくなると、松田さんが大きな安堵《あんど》のため息をついた。

「よかったわぁ。りょっきゅん、ファインプレーよ」


近くにあったカフェに入り、俺と松田さんはテーブル席で向かい合って座った。

それぞれが注文したアイスコーヒーをストローでひと口飲む。

ようやく一息つくと、松田さんは言った。

「今日はダメかしら……なんて思っていたら、あなたを見た瞬間、ガラりと表情が変わったんですもの」

「ああ、ファインプレーってそのことを」

「ええ」

どうやら、事務所から一緒に来たらしいヒメジと松田さん。ヒメジは道中ガチガチに緊張した様子で、かなり心配だったようだ。

「狼《おおかみ》に怯《おび》えるウサちゃんみたいになってたんだから」

「意外です。アイドル活動していたんだから、この手のものは慣れっこなのかと」

「アイドルのオーデイションなら緊張なんてしないでしょうけど、ジャンルが違うとねぇ。これに向けて色々と頑張ってきたこともあるし」

ストローでコップをかき回すと、からり、と氷が涼しげな音を立てた。

「それなのに、あなたに会うとウサちゃんが、一気に女の子の顔に変わったんだから、ビックリよ」

「あんな堂々と嘘をつかれたこっちがビックリですよ」

「ねえ、どうしてあそこにいたの？　まさか、本当にアイカちゃんを待っていたんじゃないでしょうね？」

「あー……実は」

俺は、この件についてどうして詳しく訊きたがったのか、ようやく理由を話した。

「ということは、りょっきゅんは、その幼馴染《おさななじみ》ちゃんの付き添いで？」

「はい」

「一般の人……？　事務所は？」

「たぶん、まだだと思います」

「やだぁ。その子じゃない。一次から唯一の勝ち上がりって。そういう子がいるって噂《うわさ》になってて」

一次は九九％落ちるって前に松田さんが言っていた。審査を通り続けるってなると、もっと難しいんだろう。

改めて、伏見ってすごいんだな……。

「クラスメイトで幼馴染同士がねえ……そんなこともあるのね」

そうつぶやいた松田さんは、会場があるビルの方角に目をやった。

◆伏見姫奈《ひな》◆

諒くんからもらったお水を、ひと口飲む。

落ち着かない。

携帯を見ようと思ったけど、変に集中を阻害されるのも嫌だったから、鞄に入れた手は、机の上に戻した。

集合時間よりも二〇分早い控室では、わたしのほかに二、三人がいた。中学生くらいに見えるけどすごく綺麗な子だったり、同い年くらいだろうけどすごく大人っぽい子が、今のわたしみたいに落ち着かない様子だった。

「おはようございます」

ガチャりと控室の簡素な扉が開いて、また可愛《かわい》い子が入ってきた。

「よろしくお願いします」

丁寧にお辞儀をし顔を上げると、目が合った。

入ってきたのは、藍ちゃんだった。

見知った人がいたことで、わたしはほっとして、思わず声をかけそうになったけど、藍ちゃんはわたしを認識すると、挨拶終わりの顔が、急に真剣になった。

脇を通り過ぎる瞬間、ぼそっと「負けませんから」と聞こえる。

「わたしも」

と、去っていく背中に言った。

アイドル活動をしていたというのは知っている。

けどここにいるってことは、それは本当だったんだろう。前、諒くんちで合宿をしたときも、それっぽい言動があった。

何かの宿命かなって思う。

同じオーディションを受けて、最終審査まで二人とも残るなんて。

どちらかが受かることもあるし、どちらも落ちることもある。

――ただ、二人が受かることだけはない。

こんなところまで、藍ちゃんと競うことになるくらいなら、わたしも藍ちゃんも落ちてしまえばいいのに、と少しだけ思う。そっちのほうが気楽だから。

でも、負けたくないのも本当だった。

あんなふうに宣戦布告をした藍ちゃんは、近くの席に座ることはなく、むしろわたしから一番離れた席に座った。

ちょっとおしゃべりできたら気が紛れるのに、あんな遠くに行くことないじゃん。

緊張感がのしかかる控室は、もう息が詰まりそうだった。

やがて時間になり、若い男の人が控室にやってくる。

「おはようございます」

おはようございます、とみんな返す。藍ちゃんも入ってきたときそう挨拶をしたけど、朝じゃなくてもおはよう、と言うのが普通らしい。

わたしもおはようございます、と遅れて返して、男の人が説明をはじめた。

エントリー番号順に呼びに来て別室で個別に審査をするという。さっそく最初の子が呼ばれ、席を立ち、男の人と一緒に出ていった。

一五分くらいすると、最初の子が戻ってくる。すぐに別の子が呼ばれまた一五分ほどで、戻ってくると、別の子が呼ばれる。自分のエントリー番号はわかるけど、ここにいる人たちのそれを知らないので、まだしばらく緊張しないといけないらしい。

次に呼ばれたのは藍ちゃんだった。

返事をして席を立ち、控室を出ていく。わたしは心の中で応援をした。

やっぱり一五分くらいすると、案内の男の人がやってきた。

「次。伏見姫奈さん」

「は、はい」

「まだやっているけど、もう終わるから行こう」

はい、ともう一度返事をして、わたしはぺちぺち、と頬《ほお》を叩く。

廊下に出ると、終わった藍ちゃんが一礼をして部屋から出てくるところだった。

すれ違おうかというとき、藍ちゃんが手を出してきたので、わたしも手を出す。

ぱちん、と軽くハイタッチをした。

「頑張ってください」

「ありがとう。行ってくるね」

すれ違うと、男の人が怪訝《けげん》そうに振り返った。

「知り合い？」

「はい。クラスメイトの幼馴染です」

へえ、すごいね、と男の人は感嘆を口にし、扉の前に来ると「自分のタイミングでどうぞ」

と言ってくれたので、わたしは一度深呼吸をする。

進路調査で提出した紙と自分の文字を思い出した。

……なる。なるんだ。

このオーディションで女優になるんだ。

◆高森諒◆

ヒメジからまず松田さんに連絡が入り、カフェにいることを教えてしばらくすると、伏見からも連絡があった。

「アタシも見てみたいわ。その幼馴染ちゃん」

松田さんがそう言うので、ヒメジ同様にカフェに来てもらうことにした。ヒメジから最終審査の話を聞いていると、すぐに伏見がやってきた。

「え、あの子？　あの子？」

松田さんが繰り返し言うので、俺がうなずくと、「やだぁ……かわっ、いやぁ、かわっ」とよくわからないリアクションをしていた。

こちらに気づいた伏見に手を上げて応じると、松田さんを見て不思議そうな顔をする。

「こちら、松田さん。俺のバイト先の社長さんで」

あとをヒメジが継いだ。

「私が所属している事務所の社長です」

「そうなんだ。はじめまして。伏見姫奈です」

そんな具合で簡単に自己紹介を済ませた。

「伏見ちゃん、スゴイわねぇ、書類から最終までいっちゃうなんて」

「いえいえ、そんな……あはは」

ヒメジは注文したミックスジュースをちゅーとストローで吸った。

「演劇の勉強をしているとは聞いていましたが、同じオーディションの最終審査会場で顔を合わせるなんて」

「だね。わたし、びっくりしたんだから」

「私もですよ」

伏見が言葉を発する度に、松田さんがじいっと凝視する。まるでスキャンするみたいに、伏見を見てわかる情報をすべて吸収しようとしているようだった。

最終審査は、俺が思っていたものと違っていて、簡単な質問と近況をまじえた世間話、あとは将来どうなりたいかなど、会話がメインだったという。それは伏見もヒメジも一緒だった。

「わたしもそれにしよーっと」

ヒメジの飲み物を見て伏見が席を立ち、同じミックスジュースを小さなトレイにのせて戻ってきた。

「演技審査したり、歌ったりしないんだな」

「それは、二次と三次でやったんですよ」

ああ、なるほど。もう見たからいいってことか。

「審査中の様子を確認したいときのために、審査は撮影しているのよ」

松田さんも補足してくれた。

最終審査が、審査というより面談に近いのも納得だ。

伏見もヒメジも、結果が気になってか、会話が途切れるとそわそわしている。

「気にしてもしょうがないわ。受けたことを記憶から消去するくらいでちょうどいいのよ」

このあとの予定を松田さんに聞かれ、とくになかった俺たちは近所まで車で送ってもらうことにした。

高級セダン車の後部座席に乗り込むと、後ろに伏見が続き、前のドアが開くとヒメジが入ってくる。

助手席使えよ、とそれとなく言ったけど、二人は聞こえてなかったのか、前に行くことはなかった。

挟まれている俺をルームミラー越しにちらりと目にした松田さんが小さく笑う。

「両手に花ね。花っていうよりも、女神かしら」

と、からかうように言った。

疲れていたのか、両サイドが早々に寝てしまい、車内は無言になることが多かった。

「伏見ちゃんに、ウチの事務所をステマしておいてちょうだい、りょっきゅん」

「ステマって」

「だってぇ、アイカちゃんもいるから一緒にどう？　なんて地域のスポーツチームの勧誘じゃないんだから」

俺は思わず苦笑した。

アイドルをプロデュースする松田さんでも伏見は魅力的に映るらしい。

ほんとに無敵主人公って感じだな、伏見って。

そうそうないって言われていた書類選考を通って、最終まできて。もしかすると、あっさり伏見に決まるんじゃないだろうか。

「……何悔しそうな顔をしているの」

「え？　そんな顔してました？」

「ええ。うらやましいって顔に書いてあったわ」

「うらやましくはないですよ。芸能人になりたいわけじゃないんで」

「そうじゃなくて。他人に認められることに対してよ」

ズドン、と胸の真ん中を撃ち抜かれた気分になった。

「トシゴロよね。……映画、今度見せてちょうだい」

「いいですけど、全然できてないですよ？」

「アタシはその道のプロではないけれど、プロがどういう考えで映像を撮って作品にしていってるのかくらいは、教えてあげられるから」

「あ、ありがとうございます。じゃあ、今度、お願いします」

はぁいぃー、と松田さんは節をつけたような返事をした。

⑨ 結果

八月に入り数日空《あ》いた撮影を再開しようかというとき、映画製作のグループチャットに伏見《ふしみ》からメッセージが入った。

『ちょっと体調悪くて。今日の撮影休ませてください……！　ごめんなさい』

俺《おれ》が反応するまでもなく、クラスメイトの何人もが体調を気遣うメッセージを入れた。

撮影は、終盤に差しかかりつつある。現場では面倒くさいくらい熱い伏見が、簡単に休むとは俺には想像がつかなかった。

怪訝《けげん》に思いつつも、個別に伏見にはメッセージを送っておいた。ゆっくり休めよ、とか、制作進行のことは気にしないでいいよ、とか。

『ありがとう。ごめんね』

とだけ返事があった。グループでは反応していないヒメジや鳥越《とりごえ》も、個別にメッセージを送っているんだろう。

撮影がなくなったので、編集作業でもしようかと考えていると、ピンポンピンポンピンポン、と呼び鈴が激しく鳴らされる。

「この鳴らし方は……」

やれやれ、と思いながら俺は腰を上げて部屋から出ていき、玄関の扉を開ける。

そこにいたのは、思っていた通りヒメジだった。

「諒《りょう》」

「あのな、子供じゃないいんだからあんま連打――」

すんなよ、と続けようとしたら、喜色満面のヒメジが飛びつくように俺に抱き着いた。

「通りました。最終。通ったんです、私」

「え？　え？　えええ、お？　おお……？」

一瞬何の話かと思って、曖昧《あいまい》なリアクションをしてしまったけど、サイシュウ、と頭の中で繰り返し、ようやく像を結んだ。

「す、すげーな、ヒメジ！」

「やりました、やりました！　やりましたよ私！」

小さくピョンピョン跳ねながら、それこそ子供のようにヒメジは喜びを表した。

「おめでとう」

「はいっ！　あの――」

ヒメジが何か話そうとすると、ガチャリ、と後ろでリビングの扉が開く音がする。ヒメジがさっと俺から離れると、茉菜《まな》の声がした。

「何騒いでんのー。人んちの玄関でー」

「ごめんなさい。ちょっと報告したいことがあったんです」

「にーに、ほら。なんか言うこと、あるっしょ」

顎《あご》で茉菜が上のほうを差してくいくい、とやる。

部屋に行けってことだな。

まだ興奮冷めやらぬといった様子のヒメジを、俺は部屋へと案内する。

……ということは……伏見は……。

「審査の連絡はまず事務所にあるんですが、さっき、松田《まつだ》さんからそれを聞いて、本当にびっくりして……」

また思い出したのか、足をじたばたさせ、ベッドをばしばしと叩《たた》きながら、ヒメジは喜びを嚙《か》みしめる。

「私と姫奈《ひな》、どちらを応援してましたか？」

「……どっちも」

「はぁー。こういうときは、嘘《うそ》でも私だと言うものなんですよ？」

芝居がかった口調とため息をついてみせるヒメジは、笑顔に変わった。

「まあいいです。気の利《き》く発言なんて諒に求めてないですから」

「何だよ、それ」

俺の苦言なんてどこ吹く風のヒメジは上機嫌に笑う。

「応援してくれるって約束してくれたから、それを信じて私は頑張れたんです。諒には、ちょっとくらい感謝してもいいかなって思ってます」

「頑張る理由になってたんなら光栄だ」

ヒメジは気を取り直すように、おほんとわざとらしい咳払《せきばら》いをする。

「私のことを応援しているらしい諒には、一番に知ってほしかったので大急ぎで来たんです」

「……ありがとう？」

していいるらしいって、どこまで信用ないんだよ、俺。

ヒメジは足を組むと、とん、と胸に手を当て俺を真《ま》っ直《す》ぐ見つめてくる。

「審査に通りましたから、諒には、私にキスをしていい権利をあげましょう」

「何だそれ」

「あげます」

「え、何で」

「あげます」

「……うん。どうも……？」

俺が不思議そうにお礼を言うと、ヒメジは自信たっぷりの笑みをのぞかせた。

「けど、諒はしないでしょうね」

「まあ、そりゃな」

その権利がほしいって言った覚えもないし。

「だって、私とキスなんてしてしまうと、絶対に諒は私のことを好きになってしまいますから」

なんつー自信だよ。

「私を好きになる覚悟ができたら、そのときは…………」

何かを言おうとして戸惑う間ができると、ヒメジの顔が徐々に朱に染まっていった。

「キス……してもいいですよ」

自信たっぷりに張った声は、尻《しり》すぼみになっていき、部屋じゃなければ聞き取れないくらい小さかった。

……覚悟。

好きになる、覚悟。

その言葉は、俺にはよく響いた。そんな意図は、たぶんヒメジにはなかっただろうけど。

話がそこで一段落すると、俺はキッチンで二人分の麦茶を入れて部屋に戻った。

「諒、姫奈のこと、知ってましたか?」

「撮影休むっていうあれ?」

「はい。私、今気づいて」

「ヒメジに合否の連絡が来ているってことは、伏見も」

「それで、でしょうか?」

てかヒメジ、今日撮影ないってことを知らずにウチに来たのかよ。

「最終は電話で合否の連絡があるみたいで。松田さんいわく、合格は合格だけど――といった感じで、ちょっとした講評もいただいたようなんです」

演技力や歌唱力、その他さまざまな指摘があったという。

合格なんだよな、それ。って思うくらい厳しい意見を言われたらしい。

「普通は事務所伝いに聞きますけど、無所属の姫奈は、その講評を直に聞いていると思います」

「何でそんな死体蹴《け》りを……」

要は、どうして落ちたのか、何が足りなかったのかってことだろ。

「最終はとくに、落選ですの一言だけだと、納得いかない方も出ますから」

伏見の家に行こう、と思ったけど、何て言えばいいだろう。慰めも励ましも、俺が言っても響かないんじゃないか。

「恨みっこなしとは思っていますが、私も顔を合わせたとき何て言えばいいのか、わからないです……しばらくは、そっとしておいたほうがいいのかもしれません」

俺がうなずくと、それからヒメジは射止めた主演の役どころについて教えてくれた。

伏見が撮影を休んでから数日。あれからまるで音沙汰《おとさた》がない。

『宿題見てくれない？』とメッセージを送って、会う口実を作ろうとしたけど、既読になるだけで返信はなかった。

いい理由だと思ったけど、人に会いたくないほどショックだったんだろう。それか、言葉通り体調不良が続いているとか？　それはそれで心配だ。

ヒメジも鳥越も、茉菜も出口《でぐち》も、伏見のことを気にかけていた。俺以外も連絡が返ってこないそうだ。

次の撮影日前日。

確認の意味も込めて俺が予定をグループチャットにメッセージを入れておいた。

伏見から了解のスタンプが返ってきたので、明日はたぶん大丈夫なんだろう。

すぐ立ち直れるわけじゃないだろうけど、ともかく撮影はできそうだった。

当日は、ぱっと見いつもの伏見だった。元気で明るくみんなに笑顔を振りまいていた。撮影も遅れたけど、支障が出るほどの遅れじゃなかったので、順調といえば順調だった。

「ひーな、体調よくなってよかった」

教室での撮影の合間に鳥越がぽつりとこぼした。

「だね～。ちょっとした風邪だったのかも」

茉菜も安堵《あんど》したような表情を浮かべている。

伏見は、精彩を欠くどころかいつも通り。完璧《かんぺき》。

「もしかすると、本当に体調がよくなかっただけかもしれませんね」

ヒメジも、そう口にした。

「お疲れっしたー」

今日一日の撮影分が終わると、出口が威勢のいい挨拶《あいさつ》で締めくくる。

「わたし、宿題しなくちゃだから、先帰るね」

解散となると、伏見は笑顔を残して真っ先に帰宅した。

昼食をどこかで食べようという話になっていたけど、俺も荷物をまとめて急いで学校をあとにした。

伏見の背中を追いかけて、改札を通り同じ電車にどうにか乗ると、隣の車両にいる伏見を見かけた。

心ここにあらずといった様子で、伏見の抜け殻みたいな女の子が、シートに腰かけていた。

伏見に似せて作った感情のないアンドロイドみたいだった。

よお、お疲れ。今日もよかったよ。……って切り出しは、ちょっと他人行儀な感じがするし、
じゃあ何て声をかけたらいいんだ。

宿題、俺もまだだから一緒にやろう……？　無難な気がするけど、似たようなメッセージを送ったけどスルーされたんだよな……。

そうやって悩んでいるうちに最寄り駅に到着し、電車を降りる。なのに、伏見が降りてこない。

「え？」

乗り過ごすぞ伏見、と思ったときには、発車のアナウンスが入り、俺は車内に戻る。プシン、とすぐに扉が閉まり、電車は静かに走りはじめた。

「伏見」

隣の車両に移り、俺はようやく声をかけた。

こっちに首を動かし、ぼんやりとしていた瞳《ひとみ》の焦点が俺に合った。

「諒くん」

「乗り過ごしちゃったぞ」

「あ、ほんとだ」

隣に座り、俺は見慣れない風景を車窓から眺めていた。

「ぼうっとしてるから」

「ふふ。本当に。気をつけないと」

この笑顔に、俺は見覚えがある。

「なあ、嘘だろ」

「何が？」

「宿題。残ってるなんて」

「どうしてそう思うの」

「いつも七月中に済ませてただろ」

終わってない俺の宿題を手伝ってくれる——小学生のときの夏休みはいつもそうだった。

「今年は忙しかったから」

「なら、まあ、いいけど」

八月までに伏見が宿題を済ませてないっていうのが、今日の違和感のひとつだった。

「前は、終点のほうまでいっちゃったよね。わたしの我がままで」

「通学の途中のあれな」

今は帰る方向だから、前回と逆だ。

ひとつ向こうの駅に着いても、伏見は降りようと言わない。

「また終点のほうまで行ってみるか」

予定がこれからあるわけでもない。宿題はまだ焦《あせ》らなくてもいいだろう。

「うん。賛成」

そこに何があるわけでもないし、何があるのかも知らない。

どんどん減っていく乗客。緑と畑と山が車窓から見える回数が増えていく。

やがて到着した終着駅は、四畳半ほどの小さな駅舎があるだけの無人駅だった。周囲は山に囲まれていて、そばを川が流れている。

駅舎の外には自販機がぽつんと立っていて、古びた個人商店がひとつ見えた。

「暑いね。日焼けしちゃう」

そうだな、と俺は相槌《あいづち》を打つ。誰《だれ》もやってこない駅舎の外にあるベンチに座り、当たり障りのない会話をしていった。

やっぱり気になる今日の違和感その二。

どうしても気になったから、言わせてほしい。

「なあ、伏見。いつまでその八方美人顔をしてるんだよ」

「え？」

「俺の勘違いかもしれないけど」

「ダメだよ、諒くん」

「何が？」

「こうしてないと、わたし、泣いちゃうから」

笑顔だった。

でも、痛々しいと頭につけるのが、正解だろう。

「こうしてないと、みんなにまた迷惑をかけて、撮影もちゃんとできなくて。一回休んじゃったから」

どうしてそんな状態になってしまったのか、思い当たることはひとつだった。

「……オーディションのこと、聞いたよ」

「うん」

まだ笑顔だった。

俺はむにっと伏見の白い頬《ほお》をつかんで、ぐいぐいと引っ張った。

「あ、ちょっ。いた、何するの」

「笑うなよ。笑うなって。心配や迷惑かけるかも、とか、人のことは気にすんなって」

主人公力ってやつが高い伏見は、望むがままに進んできた。俺にとっては一〇〇メートルもありそうな壁を、伏見は軽々と越えてきた。

それが、今回は失敗した。

「泣けば」

「何、それ……」

「こんなときくらい、笑わずに泣けよ」

「笑うなとか、泣けとか、さっきから無茶苦茶《むちゃくちゃ》……」

じわりと瞳に涙が浮くと、目元が赤くなっていった。

「諒くん。オリンピックの競技終わりのインタビューで、いい結果出せなかった人が応援してくれた人に申し訳ないって言うじゃん。……あれ。……今、わたし、あれ」

……俺が応援しているって思っていたから余計に辛《つら》かったってわけか。

俺のことなんて気にしなくてもいいのに。

いつも迷惑かけてるのは俺のほうなのに。

「松田さんが言ってたけど、ねえってさ、あんなの。滅多《めった》に。事務所所属のある程度ビジュアルや実力が認められたエリートばっかの中で、一般から這《は》い上がって、しかも最終に残った伏見は、かなりすげえんだよ」

二次、三次に演技と歌の審査があったって言っていた。

そこは、十分に認められるものだったってことだ。

「ダメ、褒めないで……」

声を震わせて言うと、伏見はぐっと唇に力を入れて口を閉じた。

松田さんが言ったように、俺は他人に認められていく伏見がうらやましかった。

やりたいことがひとつ決まっていて、努力できる伏見がうらやましかった。

でも、尊敬していたのもたしかだ。

「そんなことがあった裏で、一回休んだとはいえ、今日の撮影もほぼ完璧だった」

「やめてってば……」

制止するように、伏見は俺の袖《そで》を摑《つか》んだ。けど、俺はやめなかった。

「何かがあったなんてことをまるで悟らせなかった。誰も今日の伏見を心配なんてしなかった。完璧だったよ」

ぐすっと鼻をすする音が隣から聞こえる。

「立派な女優じゃん、伏見」

伏見の頭に手をおくと、喉《のど》をしゃくらせ小さく伏見は泣いた。

「悔しかった……」

うん、と俺は相槌を打つ。

「悔しかったよ……」

うん、と俺はまた相槌を打つ。

「ほんのちょっとの審査で、わたしの何がわかるの……」

そうだな、と俺は背中をさすった。

肩を震わせ、嗚咽《おえつ》を漏《も》らす伏見。

俺、ヒメジ、伏見、茉菜の中で、一番泣き虫だったのは伏見だった。

寂《さび》しいこと、悲しいことがあればもちろん、怒りたくても優しい性格だからか、怒ることは

せずに泣くことがほとんどだった。

いつからか、伏見のマイナスの感情表現は、泣くことから、笑顔に変わった。今日学校で見せた笑顔は、どんな感情にも蓋《ふた》ができる、伏見の得意技だ。

「諒くんは褒めてくれるけど、本当はわたし悪い子だから」

またその話か。

「諒くんがわたしを気にかけてくれる。心配してくれる。追いかけてきてくれる。こうやって慰めてくれる。嘘の笑顔でいると、諒くんだけが気づいてくれる……それが、とっても嬉《うれ》しい……」

「ヘコんだやつが目の前にいりゃ、フォローするだろう」

「落選の電話を取ったときも、どこかでそれを計算しちゃう自分がいる……。きっとこのことを言えば、諒くんはわたしに優しくしてくれるって……」

ああ、だから俺の前でもあの笑顔の仮面をつけていたのか。俺が心配したり優しく接しないように。

「なあ、それってそんなに悪いことなのか」

「それだけじゃないんだよ。わたしは……諒くんは藍《あい》ちゃんが好きだったのに、横槍《よこやり》を入れて――!」

言葉を呑《の》み込《こ》むように、伏見は口を閉ざした。

「……ノートに、高校生になったらキスをするって書いた？」

尋ねると、伏見は震えるように小さく顎を引いた。やっぱり、そうだったのか。

「勝手に書いて、約束ってことにした。好きな人……藍ちゃんの名前が書いてあったページを千切ったりもした」

そういえば、変に千切られたページもあったな。

「や、約束、ねつ造したのも何個かありますっ」

マジかよ、おい。今結構すごいこと言ったぞ。

「いっぱいいっぱい、ズルしてるから……本当は、わたしは諒くんに優しくしてもらう資格なんてないよ」

ん……そうか？

「いや、あるだろ」

え？　と目元を泣きはらして赤くした伏見はこちらに目をやった。

「俺は、伏見にめちゃくちゃ助けられてる。十分過ぎるくらいにあるよ」

「ないの。ないったらないの」

「子供かよ」

「わたしは、諒くんにとっての一番の幼馴染《おさななじみ》じゃなかったから、どうしても一番になりたかった」

目の前でそんなことを言われると、照れるし困る……照れ困る。

ヒメジが言っていたことは、八割方本当だったわけだ。

ちょっとびっくりするカミングアウトもあったけど、それを知ったからって、伏見の見方が変わるわけではないし、関係を悪くしようとも思えない。

ぐすぐす、と泣いていた伏見だったけど、しばらくするとそれもおさまり、濡《ぬ》れていた睫毛《まつげ》も乾いた。

感傷に浸っているうちは何とも思わなかったけど、何でこんなところまで来ちまったんだろうな。ベンチから投げ出した足の先では、働きアリが餌《えさ》を運んでいる。転じて見上げた高い青空では、トンビが気持ちよさそうに飛んでいた。

「帰ろうか」

立ち上がると、うなずいた伏見も腰を上げた。

聞き慣れないカタコトめいたアナウンスが流れ、電車の到来を告げる。離れたところにあった踏切の警報機が鳴り、遮断棒が下りていった。

「ねえ、諒くん」

「ん？」

「そんなこと言ってると、わたしズルばっかしちゃうんだから。それでもいいの？」

「そんなふうに訊《き》かれると、許可できないぞ」

「えーっ⁉　話が違うーっ⁉」

伏見はいたずらっぽく怒って唇を尖《とが》らせた。

「そんな話、した覚えねえよ」

俺が苦笑すると、何かを思いついたようなにんまりとした笑みを浮かべる。

「えいっ」

俺に飛びつくと、抱き着いて離れなかった。

「こら、離れろって。電車来るだろ」

「はーい」

ちろりと舌を出した伏見は、抱き着くのをやめて距離を取る。

「ねえ、諒くん――？」

車輪と線路が軋《きし》む音を鳴らしながら、電車がホームに到着する。

俺は伏見に持ちかけられた約束をひとつだけした。

⑩ 彼女のために

「いずれ夏休みって、終わるじゃないですか」

バイト中、俺《おれ》はいよいよこの話題を切り出した。

何を言い出すのか察しがついたのか、松田《まつだ》さんは首をすくめて、警戒するようにこちらを見る。

「そ、それが、何」

「欲しかったものは買えたし、夏休みを区切りにここを――」

「ダメよっ。そんなこと言わないで！」

辞めさせてくださいって言おうとしたら、それをわかっていたのか、強引に遮《さえぎ》られた。

「きゅん、アタシを見捨てる気⁉」

「いや、見捨てるってそんな大げさな……」

りょっきゅんっていう呼び方に飽きたのか、長いから面倒と思うようになったのか、松田さんには「きゅん」と呼ばれていた。

「新しい人を雇えばいいじゃないですか」

「きゅんみたいにデキるオトコが来るとは限らないじゃない」

何でオトコ限定なんだよ。

「デキる人を雇えばいいんですよ」

「採用なんて、ガチャよ。ガチャと一緒なんだから」

「俺にもわかりやすいたとえですね、それ」

松田さんの電子端末や機械嫌いは、最近俺が教えたソシャゲにハマったこともあり、ずいぶんと改善された。今松田さんは、ゲームでもアイドルを育成している。

「おほん。伏見《ふしみ》ちゃんだっけ？　あの子、あれからどうしたの？」

さっそく話を変えてくる松田さん。

「オーディション落ちて、ヘコんでたけど、もう大丈夫みたいですよ」

今度みんなで夏祭りに行く約束をしたばかりだ。

「そう。それはよかった。事務所、もしよかったウチに来ない？　って言っておいてちょうだい」

席を立つと「はい、これ名刺」と松田さんの名刺を渡された。

「この業界のことを本気で考えているなら、いらっしゃい、って」

「はい」

俺は名刺を失《な》くさないように財布にしまう。

「最終まで残るような逸材だから、ウチに入ればアイカちゃんと幼馴染《おさななじみ》ユニットを組んでも面白《おもしろ》そうね」

アイドルになった伏見を想像してみる。

ヒメジと組むとなると……なんだろう、ライバル同士が一時的に力を合わせる、少年漫画みたいな展開だ。

本人にその気はないだろうから、やらないと思うけど。

「アイカちゃんの合格の話は？　もう聞いてる？」

「はい。松田さんから連絡があったその日に、教えてくれました」

「演出家たちにアイカちゃんが十分な逸材ってことをわかってもらえたみたいで嬉《うれ》しいわ。アタシの目に間違いはなかったってことが証明されて、二度嬉しい」

ヒメジは、撮ってみてわかったけど、一人で画面を持たせられる華がある。スター性、カリスマ性みたいな何か。

前はそんなこと、全然思わなかったのに。たぶん、そのときは下手すぎた演技が邪魔をしたんだろう。

俺が感じたことを選考した人も思ったのかもしれない。

場が華やぐような存在感。

……その分自信家だったりもするけど。

「アイドルではなく、歌える女優としてもあの子はイケると思うわ」

「映画を撮った限りは、伏見のほうが上手ですよ」

ふふふ、と松田さんは鼻で笑う。

「上手《うま》くて可愛《かわい》いだけの子なんて、いくらでもいるのよ。その点、アイカちゃんは何かを持ってるわ」

それなら、どうして伏見を事務所に誘うんだ？

俺の疑問を察してか、松田さんは、将来性を買っていると教えてくれた。

審査ではそんなものは加味されないから、と。

「きゅんが言うように、まだまだ下手っぴよ、アイカちゃんは」

「それでも、通るんですね」

演技はヒメジより伏見のほうが上手いし、その伏見よりも他の子のほうが好評価だったりするんだろうか。

「幻滅するだろうけど――」

松田さんはそう前置きした。

「電話を受けたときに、アイドルを挫折した経歴もよかったって。演出家はそうでもなかったみたいだけど、プロデューサーがね、アイドルを泣く泣く辞めた女の子が、今度は舞台女優に転身、また表舞台へ戻る――ってな『ドラマ』がいいって」

「それをヒメジには」

「言うわけないでしょ。こっちとしてはせっかくの話を断るわけもないし。アイカちゃんがいて、伏見ちゃんが踏み入ろうとしているのは、斬《き》った斬られたの世界なのよ。汚い大人の打算まみれの、ね」

じゃあ伏見は、負けてなかったってことか。

結果を純粋に喜んでやる気が漲《みなぎ》っているヒメジに水を差したくはないので、今の話は聞かなかったことにしよう。

「報告したとき、アイカちゃん、いい顔していた？」

「はい。表情豊かって感じで」

「でしょうね。きゅんは、アイカちゃんを応援しているの？」

「まあ、そりゃ」

「できることがあれば、協力をお願いしても？」

何だろう。はっきり言わないところに違和感を覚える。

「……はい。俺にできるなら」

「あのとき、きゅんとばったり出くわしたアイカちゃんの表情が変わるのを見て、確信したわ」

緊張しっぱなしだったヒメジは、伏見を送ったあとの俺とタイミングよく会った。

「きゅんが相手なら、いっぱい恋をして愛を知って、いっぱい傷ついて泣いて辛《つら》い思いをしてもいいって。その経験で感情の引き出しができるから。今はちょっとピュア過ぎるのよ」

だから、と松田さんは続けた。

「アイカちゃんのためにも、あの子の恋人になってほしいの」

あとがき

どうも、こんにちは。ケンノジです。

去年のこの時期は、緊急事態宣言が出されてかなり大きな出来事となりましたが、ケンノジは主に引きこもることを生業《なりわい》としていますので（?・）、日常に大した変化はなく、部屋の片隅でただただ小説を書く日々を過ごしていました。一昨年も変わらず、今年も同じく変わらない日々です。

作家さんによっては、家では書けない方もいらっしゃるようですが、自分は逆に外で書くことができないタイプでして、それが幸いした部分もありました。

カフェやファミレスで執筆すると、周りの人が気になってしまうんですよね。人間観察が好きなので、気づいたらそっちのけで全然集中できないことが多々ありました。

けど、プロットや話の内容を考えるときなどは、家以外で考えることが多いです。自分のデスクだと、パソコンがあったり漫画がそばにあったりするせいで、集中力が全然持ちません。

執筆だけは家でないとダメなんですよね。不思議です。

本作こと「S級幼馴染《おさななじみ》」の漫画版の連載が開始されていまして、毎週更新されていっております。ご覧になられた方もいらっしゃると思いますが、漫画もすごく良い出来となっています！

松浦《まつうら》はこ先生の物語の構成もめちゃくちゃ上手《うま》いですし、作画の緑川葉《みどりかわよう》先生が描かれるキャラもとても可愛《かわい》いです！

「マンガＵＰ！」様で連載中なので、未読の方は是非一度読んでみてください。

また、スニーカー文庫様で刊行している「幼なじみからの恋愛相談。相手は俺《おれ》っぽいけど違うらしい」という幼馴染もののラブコメを書かせていただいております。

本作が好きなら楽しめると思いますので、こちらも一読いただけると嬉《うれ》しいです。

シリーズが無事こうして刊行することができているのは、色んな方のお世話になっているからにほかなりません。

今回も秀逸で可愛いヒロインを描いてくださったフライ先生をはじめ、担当者様、刊行に携わってくださった関係者の皆様、書店様書店員様、そして、買ってくださった読者の皆様のおかげです。本当にありがとうございます。

五巻にも是非ご期待ください。

ケンノジ

ファンレター、作品の
ご感想をお待ちしています

〈あて先〉

〒106－0032
東京都港区六本木2－4－5
SBクリエイティブ（株）
GA文庫編集部 気付

「ケンノジ先生」係
「フライ先生」係

本書に関するご意見・ご感想は
右の QR コードよりお寄せください。

※アクセスの際や登録時に発生する通信費等はご負担ください。

https://ga.sbcr.jp/

痴漢《ちかん》されそうになっている
S級美少女《エスきゅうびしょうじょ》を助《たす》けたら
隣《となり》の席《せき》の幼馴染《おさななじみ》だった4

発　行　　2021年5月31日　初版第一刷発行
著　者　　ケンノジ
発行人　　小川　淳

発行所　　SBクリエイティブ株式会社
〒106−0032
東京都港区六本木2−4−5
電話　03−5549−1201
03−5549−1167（編集）

装　丁　　木村デザイン・ラボ

印刷・製本　中央精版印刷株式会社

ISBN978-4-8156-0934-4
Printed in Japan　　GA文庫

ひきこまり吸血姫の悶々５

GA文庫

著：小林湖底　画：りいちゅ

　六国で広く信仰される「神聖教」。その頂点に立つ「教皇」の来訪を控え、ムルナイト帝国は大わらわ。そんな折、コマリは不思議な雰囲気の少女と出会う。

「あなたは神を信じますか？」

　ごく自然に神を否定してしまったコマリだが、その少女こそが神聖教の教皇、スピカ・ラ・ジェミニだった。皇帝の失踪、神聖教徒による暴動、炎上する帝都――！　そんな窮地にあって、いつも支えてくれるヴィルはコマリのそばにはいなかった。スピカと共に聖都レハイシアに去ってしまったのだ――。

　ヴィルなき今、はたしてコマリは帝国存亡の危機を乗り切ることができるのか!?

試読版は
こちら!

試読版は
こちら!

試読版は
こちら!

貴族転生５ ～恵まれた生まれから最強の力を得る～

著：三木なずな　画：kyo

GAノベル

皇帝の十三番目の子供という生まれながらの地位チートに加え、生まれつきレベル∞、かつ、従えた他人の能力を自分の能力にプラスできるというチートスキルを持った世界最強のステータスを持つノア。

最強の部下を揃え、偉大な功績をいくつも残し、一歩ずつ新時代を築いていく皇帝ノアは、さらにはハイポーションまで生成することに成功し、世界の常識すらも覆していき――!?

自らが赴いての龍脈が眠るゲラハ砂漠への調査、帝国を脅かす反乱勢力の存在。まだまだ厄介事が絶えないノアだが、『人は宝』、その言葉を体現するように、民を、人を至宝とし、着実にミーレス帝国をさらなる発展へと導いていく!!